Animales luminosos

Animales luminosos

JEREMÍAS GAMBOA

LITERATURA RANDOM HOUSE

Papel certificado por el Forest Stewardship Council®

MIXTO
Papel procedente de
fuentes responsables
FSC® C117695

Penguin
Random House
Grupo Editorial

Primera edición: junio de 2022

© 2021, Jeremías Gamboa
© 2021, Penguin Random House Grupo Editorial, S.A., Lima
© 2022, Penguin Random House Grupo Editorial, S.A.U., Barcelona

Printed in Spain – Impreso en España

ISBN: 978-84-397-3969-2
Depósito legal: B-5.500-2022

Impreso en Egedsa (Sabadell, Barcelona)

RH 3 9 6 9 2

*a Keith Huntzinger, Matthew Bush
y Luis Hernán Castañeda, en el norte.*

«Abandonar tu país es fácil. Lo difícil es abandonar su historia, pues te sigue, o guía, como una sombra».

Aleksandar Hemon en conversación con Teju Cole

«Tonight I'll be on that hill 'cause I can't stop I'll be on that hill with everything I've got».

Bruce Springsteen. *Darkness on the Edge of Town*

Salvo por el claroscuro, se diría que la escena es demasiado simple. Una calle desierta de nombre anodino en un sitio así, en una noche cerrada, no tendría ningún interés si no fuera por las luces del único local iluminado: el contraste que se forma entre las tiendas y oficinas de ventanas apagadas como los ojos de un miope echado a perder y ese restaurante solitario que resplandece discretamente y revela un ambiente semivacío porque está a punto de cerrar. Más allá de sus cristales se distinguen apenas dos mesas ocupadas: una con una pareja algo cansada de conversar y otra en la que una mujer le habla a un hombre que quizás la escuche, pero que mira con insistencia hacia el exterior, como buscando algo que se le hubiera perdido. El resto del espacio interior lo compone un grupo de mesas vacías resaltadas por velas bajas que configuran una pequeña constelación que parece haberse refugiado del frío exterior de la noche. Las pequeñas luces se suceden unas a otras hasta extraviarse en el fondo, donde son emboscadas por las sombras.

Quien habita la escena con sentimientos encontrados es Todd, el chico que trabaja como anfitrión de ese restaurante que lleva el nombre de un animal de esta zona de la llanura norteamericana donde él no nació ni se crio, y a la que aún no se acostumbra del todo. Todd es de Minneapolis y ahora tiene veintiocho años. Le complica sobre todo esa mezcla de campo y sofisticación que rodea a la universidad por la que vino a vivir aquí hace tres años. Consiguió este puesto a tiempo parcial hace casi dos y le gustó porque queda cerca a su casa, en esa zona límite entre las viviendas iluminadas de manera cansina y el resplandor de los edificios del Centro. Le gustó también porque la paga es buena, el ambiente es amable y su puesto, que logró debido a la armonía de sus facciones, la belleza pálida de sus ojos celestes y ese aire de elegancia que despide todo el tiempo sin necesidad de hacer ningún esfuerzo, es bastante mejor que atender en una cadena de comida rápida o emplearse en una fábrica. Tres veces por semana, Todd cumple su medio turno de la mejor manera que puede. Estos horarios le dan tiempo para los estudios, para salir de vez en cuando a la noche y para seguir rumiando los planes que se ha trazado para el futuro. Es verdad que hay vértigo en ellos, pero la presión es como la de cualquier trabajo y él se ha vuelto experto en el suyo.

Hoy, por ejemplo, Todd llegó temprano como siempre y antes de que el cielo hubiera terminado de oscurecerse se puso el pantalón, los zapatos negros, la camisa y el saco impecablemente blanco que constituyen su uniforme. Luego ayudó a comprobar que sus compañeros hubieran terminado de vestir las mesas del restaurante con manteles y servilletas de tela en forma de antorchas, acomodó las velas cerradas en urnas delicadas, colocó un par de tarjetas de reserva, abrió la puerta del restaurante y sacó el atril de luz con la carta que puso a un lado de la calle. Finalmente, con la mejor disposición, se detuvo en la puerta a esperar a los clientes. A todos les dio la bienvenida con su mejor sonrisa mientras recogía sus abrigos y bufandas y guantes, chequeó el libro de registros colocado sobre el atril interior con la lista de las reservas, trató de recordar el nombre de muchos de ellos y de pronunciarlos de un modo tal que les hiciera sentirse bien, y los condujo a sus mesas, donde los vio desarmar las servilletas de tela para llevárselas a las piernas y hojear la carta sin detenerse a mirar la lista de precios. Como siempre, Todd les sugirió un aperitivo y supervisó la manera en que revisaban los platos, atento para recomendar el vino que mejor maridaría con las carnes de res o de cordero o de ganso o de avestruz o de salmón. Comprobó la efectividad de sus sugerencias en la fluidez con que recibió las órdenes, pero también en la naturalidad con la que las parejas, ya cómodas, hablaban de los asuntos de la casa, del ejercicio de sus profesiones, del futuro de sus hijos o de la situación económica y política en su país. Todd vigiló a los comensales como un halcón a la espera de cualquier señal que requiriera su intervención. Los vigiló sin dejar de sonreír con el miedo agazapado de que alguno tuviera una queja sobre un plato o sobre alguna copa que hubiera quedado vacía. Cuando notaba un movimiento en una de las mesas, se acercaba para asesorarla, y su atención crecía si llegaba el momento de los postres, el café descafeinado o los tragos de sobremesa. Sabía que en todos sus movimientos era preciso emplear una elegante intensidad, la voz nítida y ligeramente elevada, el movimiento grácil de sus manos delicadas y hermosas. Todo era así hasta el momento inevitable en que un cliente —por lo general, un hombre de edad, listo para volver a casa— hacía ese ademán universal de firmar en el aire que lo obligaba a avisarle a uno de sus compañeros que preparara la cuenta de esa mesa. El cliente pagaría con tarjeta de crédito y dejaría una propina obligatoria mientras él se acercaba a la puerta dispuesto a entregarles a todos sus abrigos y también sus guantes y gorros antes de sonreírles por última vez y desearles que regresaran pronto. Lo demás era la rutina. Una y otra vez las mesas, una y otra vez la mirada de halcón, una y otra vez las manos juntas a la altura de su pecho y la leve genuflexión hasta que el local quedara vacío, o casi. Las noches menos felices, dos o tres parejas a las que les gustaba hablar mucho después de la cena solían quedarse pidiendo cocteles hasta tarde y, en un punto de la oscuridad, habría que traerles la cuenta porque el local tenía que cerrar debido a su licencia. Esta no parece ser una de esas noches. Todd ha encontrado un momento para dirigirse a la barra donde están los chicos que han venido por él, de modo que va hacia allí. Descubre que delante de los tres hay un grupo de copas mojadas y decide que las secará mientras hable con ellos.

—¿Y entonces? —se escucha decir, y de pronto se da cuenta de que su tono es más alto que el que sus compañeros han estado empleando y de que además ha sonado un poco artificial porque su turno de trabajo aún no ha acabado—. ¿Resolvieron su discusión?

Se trataba de definir si el sitio aquel en que vivían todos *era* o *no era* una ciudad. Así de antojadizo. Él había dejado la discusión a medias porque tenía que trabajar en las mesas. Ese era el tema que había recordado al primer respiro y que ahora retomaba.

—Es decir, ¿llegaron a una conclusión? —agrega, y toma la primera copa para secarla.

Los tres chicos del otro lado de la barra, de espaldas al grupo de mesas vacías, se le quedan mirando un segundo. Lo único que parece unirlos es la juventud. En todo lo demás se les ve distintos, aun cuando en conjunto los hermane su radical diferencia con los clientes habituales del restaurante.

—No nos lo hagas recordar —le dice uno de ellos, sentado en uno de los extremos de la barra, un tipo de piel tan uniforme y tostada que hace pensar en el verano. Ese tono contrasta bellamente con sus ojos color de miel. Se llama Nico y es de Tucson, aunque sus padres nacieron en Colombia. Tiene veintiséis, viste una chamarra de cuero marrón que resalta sus ojos y un jean. A diferencia de los otros dos, que tienen copas semivacías de vino al frente, él está tomando ron de un vaso pequeño.

Todd le sonríe:

—Pues para mí es una ciudad excelente —dice.

Nico está por asentir, pero lo interrumpe el chico sentado en medio de ellos, el único de los otros tres que tiene la piel blanca, como Todd, aunque no es rubio como él. Tiene el pelo negro y algo alborotado y los ojos de un color verde muy intenso, tan intenso que a veces parecen azules, e incluso más azules que los pálidos ojos azules de Todd. Le dicen Nate y es de Seattle. Tiene veinticuatro años.

—Vamos, Todd —dice—. Sabes muy bien que no es *ni siquiera* una ciudad. Un *college town* jamás lo es y esto es eso, un simple *college town*.

Nico hace un gesto desesperado de mirar al techo y se ríe. Compone el ademán teatral y divertido de quien está acostumbrado a las opiniones radicales y a veces realmente extrañas de su compañero. Nate tiene ideas muy extremas acerca de todo, empezando por su crítica a las industrias alimentarias del país o al hecho de que en este restaurante se sirva carne de animales.

—En Sudamérica le dicen *ciudades universitarias*, ¿verdad, Nico? —dice Todd. Cada cierto tiempo le gusta decir frases así, en idioma español, y cotejarlas con quien sepa el idioma—: ¿Lo pronuncié bien?

—Las llaman así, es verdad —responde Nico, pasando por alto la pregunta de su amigo sobre la pronunciación y volteándose para decirle algo a Nate—: Si las llegaras a ver, tú que también quieres viajar a Sudamérica, te vas a decepcionar. Son solo un grupo de edificios sin gracia cercados por una larga reja gris. A veces no tienen ni pasto. Como condominios de última. Nada ni remotamente parecido a los campus que tenemos aquí.

—¿Y les llaman así, *ciu-da-des*? —dice Nate, pronunciando la última palabra en un esforzado español.

Nico se encoge de hombros.

—Latinoamérica —dice, en tono irónico.

—Pero tampoco por eso vamos a considerar que este lugar en el que vivimos es una ciudad —contraataca Nate—. Un campus universitario inmenso y sin rejas rodeado por algunos condominios y barrios alrededor en el que solo viven estudiantes no puede ser una.

—Sabes que vive mucha gente que no es de la universidad —dice Todd, haciendo un gesto de señalar a las mesas vacías con la cabeza.

—No pienso discutirlo más con Nate —dice Nico, que cruza los brazos de forma acentuada y hace que los demás se rían en la barra—. No pienso discutir *de nada* con Nate. Este sitio tiene todo lo que define a una ciudad más allá de que haya un campus universitario en ella o no.

Nate está por añadir algo, pero de pronto se interrumpe. Todd ha estado limpiando unas copas y las ha ido colocando sobre las cabezas de sus compañeros cuando le ha parecido ver movimiento en una de las mesas y los ha dejado de súbito para hablar con uno de los últimos clientes de la noche, que ahora le pide la cuenta. Después regresa a la barra. Es camino a ella que Todd cobra conciencia y deposita sus ojos en el tercer chico que los acompaña, un muchacho que no había visto antes en el campus y cuyo nombre no ha retenido. Él y Nico lo acaban de conocer hace un par de horas porque Nate llegó con él. Solo por eso. Es la figura que más desentona con el ambiente. Es cierto que es tan alto como ellos, solo que su piel, que es de un color ligeramente más claro que la de Nico, no hace pensar en playas, sino en el hábitat de un bicho asustado que ha venido desde muy lejos: sus rasgos son irregulares; sus ojos, pequeños y algo ensombrecidos; el corte, poco juvenil; y también extraña la ropa que lleva puesta, que lo hace parecer de otro tiempo. Su chompa, por ejemplo, parece tejida a mano con una técnica difícil de describir. Y, además, es posible que haya pasado la barrera de los treinta.

—¿Qué piensas tú? —le dice Todd de un modo amable—. ¿Estás de acuerdo con lo que *estos* hablan?

Entonces el tipo parpadea. Al principio parece que le costara entender que se dirigen a él, pero así ha sido, de modo que hace esfuerzos por salir de un letargo que podría ser ensimismamiento o simple distracción, pero que en él parece marcar el lento despertar de una larga hibernación.

—Sí, ¿qué piensas tú? —agrega Nico—. No has hablado mucho desde que llegaste.

Él vuelve a parpadear. La imagen de los tres hombres que hablan en un idioma diferente al suyo de pronto adquiere otra dimensión, gana cierta sustancia, se transforma en un hecho y ese hecho ocurre *aquí*. Está sucediendo, de eso no hay dudas, y en esa consciencia hay una especie de umbral. Él existe y está en un sitio en el cual, desde que entró, le ha parecido estar a ratos dentro de una pintura y a ratos en la imagen de un sueño. Durante el tiempo que ha pasado en la barra, los otros hablaron y él ha intentado seguir la conversación lo mejor que ha podido, aunque sabe que no la ha captado del todo, o al menos no como le hubiera gustado captarla o como capta el idioma *de ellos* en los canales de noticias y en ciertas charlas académicas. Igual, está seguro de haber entendido que Nate y Nico vienen a la barra de este restaurante donde trabaja Todd cada tres o cuatro semanas, que lo hacen cuando Todd se los indica, y que lo volvieron hábito en el primer trimestre académico de este año que ya se acerca a su fin. Sabe también que Todd es *roommate* de Nate y que Nico es el mejor amigo de Todd. Nico visitaba mucho a Todd y así conoció a Nate, que habla un poco de español y adora la literatura latinoamericana tanto como la rusa, pese a que jamás ha estado en un país donde se hable español, ni siquiera en México. En la casa de la calle Canyon que Nate y Todd alquilan, Nate y Nico se hicieron amigos porque ambos comparten la afición al béisbol, que a veces miran tomando cervezas que nunca pasan de esas muy ligeras que los estudiantes suelen beber en los campus de este país. Era increíble que los cuatro estuvieran juntos en una barra vacía de ese restaurante tan elegante al que jamás se le habría ocurrido entrar por cuenta propia. En algo parecido ha estado pensando en todo este tiempo antes de que Todd le hiciera la pregunta. Él es el nuevo en este país y también nuevo en este Estado y a la vez es nuevo en este sitio y apenas los conoce a ellos. Si está empezando a vivir esto aquí, es solo por Nate.

—Depende de qué entendemos por ciudad —dice finalmente, y le parece muy extraño escuchar su voz.

Los demás lo miran con cierta expectativa mientras él trata de ordenar las palabras que conoce para decirlas en el idioma que no maneja.

—Es decir, creo que esta *es* una, pero no sé, nunca me había imaginado una ciudad tan llena de ardillas o alces.

Los ojos de los demás siguen depositados en él.

—Es decir. *Es*, seguramente. Pero ocurren cosas aquí que yo tomaría por historias del campo. Una noche, por ejemplo, me pasó algo increíble: caminaba cerca de donde vivo cuando me encontré con un animal inmenso...

—Bueno —lo interrumpe Nico—. Washington D. C. tiene alces también y es una ciudad.

—Que tenga alces no la hace ciudad, Nico —salta Nate—. Que los aplasten los carros en las calles, quizás. Yo podría llevar cuatro alces de aquí a Seattle y no sobrevivirían una hora.

—Pero acá aplastan a veces a los venados y a los mapaches —dice Todd, intentando hacerse el divertido.

Todos se miran y Todd hace un gesto risueño antes de mover la copa a un lado para ver si está impecable. Luego mira hacia la única mesa ocupada en el restaurante en la que un hombre parece buscar su billetera en el saco que cuelga de su silla.

—Vamos, solo basta pensar en dónde estamos ahora —dice, cambiando el tono, vertiendo la botella de vino blanco en las copas de Nate y del chico al que trajo—. No hay lugares así de sofisticados en todos lados. No encuentras un restaurante como este en cualquier lugar de Colorado. Salvo en Denver.

—¡Denver! —salta Nate—. ¡Denver es una ciudad! ¡Esta no! ¿Cómo va a existir un lugar que se pretende ciudad cuando su periódico local coloca como noticia de tapa que un grupo de mapaches atacó a un conjunto de autoridades de la universidad a la salida de un congreso celebrado de noche?

—Eran mapaches rabiosos —intenta bromear Todd.

—Podemos decir que es una ciudad tranquila —tercia Nico—, una ciudad pequeña y tranquila en la que no pasan grandes cosas.

—Pero ojo —añade Todd—, tan tranquila no es: *parece* tranquila. Pasan cosas tremendas y torcidas. Está el tipo ese que esclavizó a una niña durante cuatro años seguidos en una habitación cerrada para ultrajarla, ¿no? Eso es de película de terror. El otro día apareció en la tapa del *Denver Post*. Se veía el helicóptero que lo traía aquí con la vista de las montañas detrás.

—Bueno, y está el escritor demente que se va más allá de las montañas y persigue a su propio hijo, de apenas cinco años, para matarlo —dice Nico—. ¿Se acuerdan? Ese que cuida del hotel: ese también era de aquí.

—¿Jack Torrance de *El resplandor*? —dice Nate—. ¡Eso no cuenta!

—Es una película —dice Todd.

—Y no está basada en hechos reales —agrega Nate.

—Pero si el tipo es un tremendo orate y lo hacen vivir aquí no es en vano, ¿no? —dice Nico—. Si el director lo saca de aquí es que es verosímil que haya gente muy enferma viviendo entre nosotros, tanto como en las grandes ciudades.

—También hicieron aquí una serie sobre un marciano llamado Mork, ¿te acuerdas? —contesta Nate, riéndose—. El marciano hacía compras en la calle Pearl. Salían él y una chica llamada Mindy, y ella llevaba un polo de la universidad.

—Esa casa está cerca —le dice Todd a él, haciéndole un guiño.

—Pero ¿qué se puede deducir de algo así? —se ríe Nate—. ¿Que todos somos marcianos?

—¿Ya ves, Todd? —dice Nico, quejándose—. Tarde o temprano, Nate lleva la conversación al absurdo. Hoy sí estás imposible, Nate.

Todd les sonríe con el rostro con el que ha conseguido el trabajo que tiene y con el que, piensa ahora él mientras guarda silencio, podría conseguir el puesto que le viniera en gana; luego los deja porque los clientes de la última mesa se han parado y van hacia la puerta. Los tres se quedan en silencio por unos segundos en los que aprovechan para apurar un trago. Él se da cuenta de que los imita, como si sus movimientos todavía no tuvieran autonomía. Está pensando en eso cuando al rato vuelve Todd.

—A lo mejor colocaron a ese escritor loco solo por el asunto del manicomio —dice el anfitrión, mientras dispone sobre la barra un par de postres. Seguramente se arruinarían si nadie los consume esta noche, lo mismo que el vino abierto—. Tenemos el manicomio más grande de esta parte del oeste. Gente que prefirió explotar dentro de su mente antes que recordar algo horrible de su pasado. Ese privilegio solo es de ciudad.

—También tenemos el mayor índice de locos sueltos de todo el Estado —dice Nate—. Pero el hecho de que haya locos o asesinos no convierte a este lugar en una ciudad.

—¿Cómo que no? —salta Nico, teatralmente. Le está siguiendo la cuerda a la broma de Nate solo para continuar con la charla y porque Nate realmente le cae bien.

—En *A sangre fría* dos tipos matan a una familia entera en Holcomb, Kansas, y no por eso Holcomb se ganó el título de ciudad —dice Nate.

Nico vuelve a mirar el techo y abre los brazos en un gesto dramático de ruego y después de eso baja la mano en un gesto de rendición y le pide a Todd una cerveza. Todd se la alcanza y les pregunta a él y a Nate si quieren otra. Sus copas ya están vacías. Ambos le dicen que sí y Todd se las deja abiertas sobre la barra antes de irse a las mesas. Les han dado un par de sorbos cuando Nate pregunta qué piensan hacer esta noche en la *ciudad* y los otros dos se ríen. Él no dice nada porque no tiene nada qué decir. Nico le habla a Nate de una chica cuyo nombre se le escapa y Nate le devuelve la pregunta con el nombre de otra; parece un duelo tenso que se resuelve cuando Nico levanta los hombros en un gesto que contiene algo de resignación con un poco de indiferencia. Cuando Todd vuelve le preguntan qué piensa hacer esta noche y Todd dice que esperará a que la cuenta del trabajo cierre y entonces todos podrían irse a algunas *fiestas con chicas*. Lo dice así, en español, y lo mira a él; luego sonríe de un modo encantador y hace un gesto que contiene un poco de esperanza y algo de tristeza. Nate lo mira a él, que ha seguido la conversación en silencio, y le hace un ademán que indica que también está incluido en el plan.

—¿Vienes con nosotros? —le dice Todd, formalizando la invitación.

—Claro —contesta él, y al decirlo siente que algo dentro de sí se ha iluminado o se ha intensificado, aunque no sabría determinar qué ha sido exactamente; se parece a la alegría que uno siente cuando una chica te acepta salir a bailar.

Todd los deja un momento para cerrar el local mientras Nico y Nate barajan opciones de lo que podrían hacer esta noche. Los nombres de los lugares de los que hablan no los ha escuchado jamás, ni las claves que dicen, ni la jerga que usan, y se siente como un niño aceptado en un equipo de gente grande que tiene propósitos que lo exceden. El silencio no lo molesta porque entiende que ellos saben que de los cuatro él es quien menos conoce la noche norteamericana, así que, por un momento, mientras los escucha sin prestarles atención, vuelve a pensar en el milagro secreto de estar incluido en un plan de chicos de este país. Hace unas semanas algo así le hubiera parecido imposible. ¿Cómo lo hubiera previsto? Normalmente, Nate y él se encontraban en un café dentro del campus, donde se reunían por espacio de dos horas para ejecutar el programa que se trazaron desde que se conocieron: hablar una hora en inglés, en la que Nate aprovechaba para presentarle palabras y expresiones que le serían útiles en la vida que pretendía llevar en este país; y otra en español, en la que él a veces practicaba algunas de las clases que le tocaría dar en esa universidad algún año próximo, cuando se le acabara la beca especial que lo obligaba solo a estudiar. Al principio tocaban temas impersonales y a juicio de ambos útiles para obtener vocabulario y aceitar la gramática —el clima, sus rutinas diarias, las clases—, pero no tardaron mucho en descubrir que algunos asuntos los apasionaban por igual y, entonces, el objetivo empezó a diluirse hasta un punto en que ambos se entregaron a una sofisticada mezcla de lenguaje corporal y spanglish para hablar casi exclusivamente de literatura. Nate contaba de su viaje a Rusia como parte de un intercambio solventado por la universidad y su amor por Bulgákov y *El maestro y Margarita*, pero pronto, por alguna razón u otra, recalaba en los autores del *boom* —sobre todo los de corte fantástico o sobrenatural traducidos a su idioma: Cortázar, Borges, García Márquez—. Él le preguntaba por la literatura norteamericana que adoraba y que, en parte, solía decirle, lo había animado a venir a este país. Las dos horas pasaron a ser más de dos horas y un día Nate le propuso empezar a encontrarse en el Centro, en la calle Pearl, que era un lugar más animado.

Uno de esos días había sido hoy. Esta tarde de viernes la conversación fue más intensa que otras veces, al punto de que se extendió por casi tres horas y, al final de ellas, Nate le preguntó si no quería seguir conversando y quizás ir a ver libros usados a unos locales que quedaban cerca. Él dijo que sí, ¿por qué no?, y entonces los dos continuaron su charla en una tienda de libros de segunda mano llamada Red Letter, donde había cientos de títulos clásicos de narrativa norteamericana, y también de poesía, y entre ellos eligió un par que compró por recomendación de Nate. Fue a la salida de la tienda, frente a unas casas algo ya grises que había en ese tramo alejado de la calle Pearl en la que ya no había paseo peatonal, que Nate le dijo si no quería tomarse otro café, o a lo mejor una cerveza. Él contestó que la cerveza le provocaba. El aire enfriaba y el viento empezaba a soplar en la calle principal cuando entraron a un sitio con decoración hindú llamado Mountain Sun y se sentaron en una de sus mesas bajas a pedir cerveza casera. Él tomó lo que pidió Nate y brindó con él. Siguieron conversando sobre los libros que habían comprado, cuando Nate le dijo que su *roommate* trabajaba ese día en un restaurante de la calle Walnut, y que esa noche se habían dado las condiciones para pasar un rato a estar con él; si él quería, podrían comer algo en casa de Nate e ir luego al sitio de su amigo a tomar algo sin pagar. ¿Le interesaba? Él le dijo que sí, aunque como no esperaba una propuesta de ese calibre quizás no fue tan enfático en su afirmación. Ya estaban parados en medio de la calle Pearl tras las cervezas en el Mountain Sun cuando Nate le planteó nuevamente su idea y esta vez él le dijo que sí, le dijo que, sin lugar a dudas, eso o cualquier otra cosa que Nate propusiera; la verdad es que él no tenía nada que hacer esa noche ni ninguna otra noche, pues su única actividad durante los fines de semana era precisamente esa, juntarse y conversar con Nate.

Nate le dijo que su casa estaba muy cerca, así que ambos tomaron una transversal a Pearl y caminaron por ella mientras el cielo se oscurecía. Dieron con la calle Canyon, que era donde estaba la casa que Nate compartía con Todd y con Sofía, una jugadora de *softball* de la universidad. La casa era como muchas que él había visto durante los pocos meses que llevaba allí: un departamento en un edificio corto de madera de un color sombrío y a través de cuyas escaleras exteriores se llegaba a una especie de *loft* que ocupaba parte de lo que serían el tercer y cuarto pisos. Nate abrió la puerta y ambos entraron a un ambiente común de techos altísimos que más bien parecía la sala de estar algo derrengada de una película ya vista. Había una tele de grandes dimensiones, unos muebles y cojines de diversas procedencias, una cocina mediana que compartían todos los que vivían allí y, a un extremo, dos habitaciones que, le contó Nate, ocupaban Todd y Sofía. A un lado de la puerta de la cocina se levantaba una escalera de madera que trepaba pegada a la pared lateral y desembocaba en una especie de balcón interior con vista a la sala; en él, dos puertas anunciaban sendos cuartos sin duda más pequeños. Nate le propuso verlos y subieron. Uno, el primero, hacía las veces de almacén y allí se agrupaban los objetos más diversos de los habitantes anteriores y recientes. En el otro dormía Nate. Era un sitio reducido, iluminado por una lámpara de pie que apuntaba a un colchón sobre una tarima modesta y, al lado de ellos, regados en el piso, libros de poesía y narrativa, y también guías y revistas especializadas de ajedrez, y más allá una pequeña ventana que daba a una vista de jardines y plantas silvestres, y más al fondo un horizonte de casas similares a esta que desembocaban en el centro y detrás de las cuales se veían las montañas. Nate se lo enseñó rápidamente durante el tiempo que le tomó encontrar un par de cuentos que había escrito y que quería compartir con él. Mientras él leía algunos pasajes sobre un profesor de ajedrez que miraba con atención a una chica de ojos traslúcidos, Nate empezó a leer sus correos en la *laptop*. Lo escuchó teclear con intensidad y luego lo vio cerrarla de forma abrupta. Él intentó decirle algo sobre lo que había leído, pero Nate no estaba muy atento a sus opiniones. Parecía algo ido. Cuando salieron, Sofía había dejado su habitación y estaba ocupada terminando de prepararse para ir a un entrenamiento. Era rubia, gruesa y de baja estatura, tenía las mejillas coloradas y un aire rudo, pero su voz era suave y se puso a hablar con Nate apenas bajaron. Él pudo percibir, por un momento, la experiencia de estar por primera vez en un hogar en el que solo se hablaba inglés y donde tres chicos norteamericanos compartían su vida en la universidad. Era como estar en un set de televisión. Sofía se quejaba del horario impuesto por su entrenador, la locura de agendar una práctica en la noche del viernes, pero preparaba igual sus implementos mientras se consolaba en voz alta diciendo que al menos en esta casa Todd también trabajaba en esos horarios. Nate, en tanto, prendía la televisión del área común y se iba a la cocina a improvisar una sopa de berros y tomates que, al cabo de unos minutos, le sirvió a él en una mesa reciclada frente a la tele. Ambos la tomaron mientras Nate intentaba explicarle las reglas del béisbol aprovechando un partido de los Cardinals que se transmitía en vivo. A él le costaba entender todo lo que le decía Nate porque a la poca familiaridad de las palabras que se referían a los asuntos de ese deporte, y en ese idioma, se sumaba que no sabía absolutamente nada de béisbol, de modo que solo asentía sonriendo, fingiendo que había entendido casi todo.

Cuando ya se había hecho noche cerrada y un ligero viento de noviembre agitaba suavemente los árboles que se veían desde las ventanas, Nate le sugirió que dejara en la casa su morral con sus libros y él le dijo que sí sin pensarlo mucho, imaginando que luego volverían, y fue así como los dos salieron a la calle Canyon en dirección a Walnut y caminaron por ella hasta llegar a una especie de parque público que en verdad era un gran estacionamiento abierto donde parqueaban autos y camionetas. Cuando divisó el restaurante en el que trabajaba Todd, con sus luces interiores y el detalle del atril iluminado a un lado de la puerta, sintió una ligera aprensión, y cuando entrevió el ambiente que había del otro lado de las ventanas temió que alguien les prohibiera la entrada, pero felizmente eso no ocurrió. Todd no era cocinero, como había pensado inicialmente, ni tan siquiera uno de los mozos que atendían las primeras mesas ocupadas, sino el chico rubio y de ojos pálidos y azules vestido en impecable saco y camisa blancos que recibía a la gente una vez que trasponía la entrada y, luego, les indicaba a los comensales sus mesas. Cuando los vio llegar les abrió la puerta de manera diligente y le regaló una sonrisa a Nate, que lo presentó como un amigo, y una ligera venia a él. Nate y él caminaron entre los manteles blancos de las mesas y se sentaron a la barra para conversar entre ambos hasta que Todd tuvo un primer momento libre y, al acercarse, puso ante ellos de manera prolija dos copas impecables y sirvió un vino blanco ya abierto; dijo que era uno de los buenos de California. Él trataba de dejar atrás la imagen intimidante de tanta gente mayor, bien vestida y blanca que ocupaba las mesas y que no había visto nunca junta en un ambiente cerrado, y menos desde tan cerca. Felizmente estaban de espaldas a ellos, pensó. Al cabo de un rato llegó Nico, quien con toda naturalidad colocó los dos codos sobre la barra y pidió un ron. Nico y Nate intercambiaron las primeras palabras sobre las clases y el clima y también acerca de Todd, y en cierto momento salpicaron algunas frases en español como para acercarlo a él a una conversación a la cual no pudo integrarse.

Cuando Todd volvió a la barra un instante, llenó las copas de sus amigos y procedió a hacer las presentaciones formales. Él se enteró de que Todd estudiaba política internacional y Nico, negocios. Ya sabía que Nate estudiaba lingüística y les dijo que él estudiaba literatura hispanoamericana. Supo también que Nico y Nate se iban a ir del campus a más tardar en un año, aunque Nate señaló que tal vez se quedaría un tiempo para extender un par de cursos que le interesaban; los otros se rieron y mencionaron algo que tenía que ver con su habitación y quizás una chica, pero a Nate no pareció hacerle mucha gracia la broma. Todd se quedaría trabajando en ese lugar para ahorrar todo lo que pudiera e irse luego lejos. Eso dijo. A él, en cambio, le quedaban por delante dos años más si es que lograba extender la beca que había recibido; si lo aceptaban en un doctorado tendría que permanecer en esa universidad posiblemente cinco o seis años más antes de buscar trabajo como profesor en literatura. Los otros hicieron gestos de compadecerlo, pero al hacerlo sonreían, así que él no se los tomó en serio. Fue en medio de esas introducciones que Todd le preguntó a él qué le parecía este lugar, si creía que era una buena ciudad o no, y estaba por decirle que sí cuando Nate objetó el hecho de que Todd la llamase una ciudad, y entonces se enfrascaron en la primera parte de esa polémica que poco a poco terminó diluyéndose. Solo cuando las mesas se habían vaciado, Todd regresó a la barra con un aspecto más relajado a preguntar si habían resuelto o no el debate. Luego sirvió los postres.

Ahora Nico, Nate y él toman sus chaquetas y abrigos, salen del local y cruzan la calle sin sentir frío, acaso por acción del vino, el ron o la cerveza, y esperan en el inicio de ese amplio estacionamiento de arbustos y carros la llegada de Todd, que seguramente se está despidiendo de sus compañeros de trabajo que aún tienen que hacer cuentas y lavar platos. Mientras esperan y Nico mira las placas de los autos con las manos en los bolsillos de su chamarra acolchada en tanto Nate se detiene a observar el cielo, él se queda mirando el claroscuro del restaurante vacío del que saldrá Todd y luego encuentra que, más allá de los edificios, se percibe una extraña agitación. Nate se acerca a él y le explica que la próxima semana se celebrará el Día de Acción de Gracias y muchos alumnos de la universidad se irán de viaje este fin de semana o en el inicio de la próxima para pasar las fiestas con sus familias, de modo que están ansiosos por lanzarse a la noche después de una semana de clases ya que luego no podrán juerguearse durante dos semanas. Por eso andan así, revueltos. Él no tenía idea de que los feriados que se anunciaron tuvieran que ver con esa celebración. Ni siquiera sabe muy bien en qué consiste. En verdad, si lo piensa, no tiene idea de casi nada de lo que pasa en *su* universidad. Un compañero del departamento le dijo una vez, en una corta conversación entre clases, que era bueno empezar a leer periódicos locales para adaptarse a la comunidad, practicar el inglés e irse familiarizando con el lugar donde vivía. Él se hizo el firme propósito de cumplirlo, pero, a diferencia del hecho sorprendente de que podía recoger gratis una serie de diarios en cualquier paradero del condado, las noticias lo aburrieron y no se acostumbraba a ellas. Ahora se dice a sí mismo, con un poco de reproche, que no está haciendo lo suficiente para sentirse más cómodo en ese sitio, para pertenecer un poco más a ese lugar.

—Hay varias ofertas de noche —escucha decir a Todd, que se ha unido a ellos en el estacionamiento y con cuya presencia empiezan a caminar todos juntos, entre las sombras—. Eso es parte de una ciudad.

—Si estás en Dakota del Norte, seguro habrá varias granjas abiertas para bailar —dice Nate.

—Pero hablamos de ofertas de diferentes características —dice Nico—. En un pueblo cualquiera no encuentras en una misma noche una discoteca con música de los ochenta, un concierto de jazz, una fiesta de salsa, otra de samba y varios bares por todos lados, ¿o sí?

—Si puedes salir una noche sin quedar con alguien y sabes, a ciencia cierta, que no te encontrarás con nadie conocido, eso *es* una gran ciudad —dice Todd.

Los demás parecen asentir mientras se aproximan al Centro. Él piensa entonces que esa noche se sentirá de todos modos en una gran ciudad porque evidentemente no encontrará a nadie conocido, ya que no conoce a nadie. Salvo Nate y estos dos nuevos chicos, no ha hecho un solo amigo en el tiempo que lleva en este país.

Dejan atrás el estacionamiento y luego tuercen por la avenida Broadway rumbo a Pearl. Aún no ha nevado sobre el Estado, algo que él espera con ansias porque nunca en su vida ha visto nevar, pero ya lo sorprende la fuerza del viento que por momentos aparece en la planicie y lo desordena todo; ciertas noches golpea con violencia la ventana interior de su cuarto y ahora es ese ramalazo de aire helado y seco en contacto con su piel y disociado del calor de su cuerpo bajo la ropa de invierno a la que sí se ha habituado. No ocurre lo mismo con la agitación de las luces que se concentran en la calle central y la arquitectura de esas construcciones de ladrillos rojos caravista que no son lo suficientemente altas para llamarlas edificios, pero tampoco completamente bajas para denominarlas casas. Los cuatro entran en la calle Pearl. Aquí todos los inmuebles tienen tres pisos, o cuatro a lo sumo, y en todos hay oficinas, agencias bancarias o restaurantes, lo que sea que no remita a un hogar. Este es el Centro, su punto neurálgico. A veces, cuando ha caminado por aquí de día, le ha parecido entrever debajo del trazado de estas casas y estas esquinas el pueblo rudo y hasta salvaje que alguna vez debió haber sido este sitio. Le pasa de otro modo ahora que recorre la calle de noche bajo las luces poderosas del paseo peatonal. Esta calle fue seguramente la primera y sobre ella pasaron cosas que él no podría ni imaginar; en sus flancos los inmuebles parecen versiones superpuestas y modernas de las construcciones del recio lejano Oeste, aunque entre ellas ya no es posible ver la tierra rancia de otros tiempos o las débiles lámparas alimentadas de aceite de ballenas, sino una serie de árboles algo deshilachados por la estación y estratégicamente plantados en la vía peatonal, bancas acogedoras en las que casi nadie se sienta por el clima, hermosas librerías y cafés todavía iluminados. Todd, Nate y Nico caminan a su lado y observan lo mismo que él: piquetes bulliciosos de estudiantes que entran y salen de los bares, algunos chicos en *skates*, artistas callejeros que juegan con fuego o con aros o cartas de baraja gigantes ante la atención de algunos transeúntes.

Él saca un cigarrillo de su chaqueta e inmediatamente Todd le pide uno. Primero le ve darle una calada intensa, como si hubiera querido fumar hacía ya un tiempo, y luego de agradecerle lo mira emparejarse con Nico, que va adelante. Él se acomoda al lado de Nate. Nate intenta hablar español y le dice en una mezcla de idiomas que esos dos de adelante son un par de rompecorazones y que verlos en acción va a resultar divertido. A él le parece que lo que Nate dice es cierto, sin duda, pero a la vez irónico. Cuando camina con Nate resulta común ver cómo a las chicas les cuesta no mirarlo: sus grandes ojos de un color azul esmeralda y el pelo negro cayendo con libertad sobre su piel generan un impacto inmediato. Una vez le pasó que una compañera española de su clase, una de las más guapas de su departamento y que nunca se había acercado a él, lo hizo para preguntarle si el chico con el que se reunía a conversar en ese café de la avenida Broadway, a un lado del campus, era el mismo que trabajaba en el mostrador de la biblioteca; cuando él asintió ella lanzó un grito teatral de arrepentimiento por no haber sido ella quien aceptó el intercambio de charlas en inglés por español que, al inicio del trimestre, había propuesto vía email ese chico norteamericano sin rostro llamado Nate. A él también le llamó la atención la belleza de su interlocutor la primera vez que lo vio, y hasta se sintió ligeramente nervioso. Ahora el nervioso parece Nate y él no puede explicarse bien por qué. Había algo realmente impresionante en salir una noche de fiesta con ellos. Era extraño caminar junto a los otros tres, formar parte eventual de ese grupo en esa noche, y mientras experimenta esa sensación de irrealidad y satisfacción se percata también de que posiblemente él no dé la talla, pero luego de un momento no le importa: no tiene nada que jugarse ni nada que verificar de sí mismo esa noche, se dice; ni siquiera entenderá lo que las chicas con las que se encuentre le dirán en ese inglés veloz que la juventud y el alcohol activan en los estudiantes universitarios. Será un testigo. Eso se dice. Atesorará todo lo que pueda ver para recordarlo después. Construirá los recuerdos de su futuro, su memoria privada en el norte. Nate le dice algo y él sonríe. Le da una calada al pucho que lleva en la mano y se levanta las solapas de la chaqueta de invierno. Está tierra adentro. Eso se dice. Y vuelve a sonreír solo.

El bar deportivo es idéntico al de todas las películas que ha visto a lo largo de su vida. El espacio no es ancho pero sí muy largo. Las mesas dispuestas en el angosto exterior de la calle Pearl, pocas, están vacías. Adentro hay agitación: una larga pared sobre la que se extiende una barra larguísima y una serie de televisores empotrados en las paredes que muestran diferentes partidos de fútbol americano, y también algunos de básquet y otros dedicados a otros deportes cuyo nombre ignora. Han llegado a la barra y han pedido cervezas y él ha repetido el nombre que pronunció Nate, que es quien está más cerca de él. El inglés emitido por tantas personas desde tantos lugares suena como un murmullo informe y muy extraño del que apenas entiende algo, pero a veces logra identificar un nombre o un insulto y esto le hace sonreír. La mayoría de las personas son blancas, o a él le parece que lo son. Al menos de primera impresión no ve allí a ninguno de los indios que siempre rodean la torre de Ingeniería cuando camina en las mañanas hacia el campus, aunque le parece distinguir a un par de afroamericanos intimidantes, de esos pocos que a veces se cruza en el supermercado y a los que suele tomar por jugadores de fútbol o básquet, o por estudiantes que han llegado a ese campus con una beca especial como la suya, aunque en este caso seguramente deportiva. Aquí y allá ve grupos de chicas con jeans y suéteres y también abrigos delgados que a veces llevan puestos o que dejan coquetamente a un lado de las sillas o mesas, y también a chicos con polerones de algodón volteados que algunos complementan con sacos cortos y justos de estilo *hipster*. Un grupo de chicas más jóvenes, con trajes muy ceñidos, gritan entre ellas con voz nasal y saltan como lo hacían las chicas de clase alta de su país en las discotecas exclusivas de su ciudad, o al menos como él se las imaginó cuando se lo contaron. Él toma su cerveza y las mira y se dice una vez más, con algo de alivio y un poco de miedo, que finalmente está lejos de todo aquello; este es uno de esos bares reales de ese nuevo país real al que ha llegado junto a un grupo de chicos reales. Algo muy lejano dentro de su cabeza empieza a apagarse.

—A que esto es una ciudad —les dice Todd, que sale de entre la gente después de recoger su cerveza y les muestra su vaso levantado con una sonrisa. Luce ligeramente distinto sin el saquito blanco que dejó en el restaurante; lo cambió por un saco oscuro que resalta las líneas de su camisa blanca formal y lleva la corbata levemente desencajada, de manera que ese estilo entre elegante y espontáneo lo distingue entre tantos alumnos desaliñados que pueblan el bar. Verlo, se dice él, es una manera de imaginar a Robert Redford cuando era estudiante de esta misma universidad y atendía las mesas de The Sink, el restaurante que está al lado del departamento en el que él estudia.

Una pantalla muda muestra un partido de béisbol y Nate le habla señalando la pantalla e intentando repasar algunas de las nociones que le enseñó cuando estuvieron en la casa de la calle Canyon. Todd y Nico no están con ellos, pero no se han alejado demasiado y miran a la gente desde sus diferentes posiciones. Él los observa de soslayo mientras le cuesta seguir el discurso de Nate; ya casi está perdido entre las reglas, los *strikes* y las bases cuando le parece notar que un par de chicas se han detenido detrás de ellos por unos instantes. Nate se da cuenta de su presencia y se voltea a saludarlas. Se conocen. Todos levantan las manos cuando Nate hace las presentaciones porque así son los saludos en este país, y él quisiera estar acompañado de Todd y Nico para no tener que hablar, pero se da cuenta de que no están cerca de ellos o que han desaparecido, de seguro empujados por algún tipo de arrebato o de instinto que él ha dejado olvidado en algún lugar y que quizás ya no podrá encontrar nunca. Es cierto que ya se ha acostumbrado a no besar en la mejilla a nadie y en momentos como este lo agradece, porque le costaría mucho saludar con un beso a Margaret. Es una chica delgada con una frondosa cabellera color ámbar, ojos grandes y de un intenso color aguamarina que podría paralizar a cualquier ser vivo. Incluso le costaría con Laura, una rubia algo más alta y gruesa que ella, de ojos lavados y labios pequeños que podría ponerlo nervioso si se acercara demasiado a su piel. Le cuesta mirar directamente a Margaret luego del primer contacto; algo en él se contrae ante la presencia de sus ojos, de modo que su vista se desliza hacia su compañera, cuyo pequeño *piercing* en una de las ventanas de su afilada nariz gana su primera atención sobre la rotundez de sus hombros y el tamaño de sus pechos, que destacan por debajo de un suéter amarillo entre los lados del sobretodo abierto.

Margaret dice algo sobre la naturaleza del encuentro y, mientras escucha su voz, a él le parece recordar que ese es el nombre de una de las chicas que se mencionó en el restaurante. Trata de afinar sus sentidos, pero sabe que no va a poder hablar con demasiada seguridad. Le parece incluso más intimidante que las otras chicas de este país. Igual se anima a decir algo que quizás nadie más oyó y luego se queda callado, pero abre mucho los ojos para mostrar que escucha y asiente con la cabeza para indicar que sigue lo que dicen. Le parece enterarse de que tanto Margaret como Laura estudian los últimos años de literatura y por eso se imagina que acaso alguna de ellas, o las dos, compartieron alguna clase con Nate, que también estudió en el departamento de Inglés, aunque especializado en Lingüística. Nate les está diciendo a ellas que su amigo —así lo ha dicho, su amigo, aunque tal vez sea solo una expresión— estudia literatura latinoamericana y él demora un poco en entender que se refiere a él, y aprueba. Margaret lo mira con detenimiento y a él le resulta imposible lidiar con la hondura iluminada de su rostro: su belleza no parece del mundo corriente sino más bien de un lienzo renacentista. Responde como puede sus primeras y únicas preguntas («¿Hace cuánto en el país?», «¿primera vez que viene?») y siente alivio cuando, tras ese pasaje obligado de cortesía, Nate y Margaret se empiezan a decir cosas que parecen provenir de una conversación anterior entre ambos. Él también podría hablarle directamente si tuviera el aspecto de Nate, piensa. Hablan sobre algo que ella dejó en casa de él o de un objeto por recoger o algo así, y él levanta la mirada y se encuentra con el gesto cómplice de Laura que alude a la intimidad de los otros dos y avala sus presunciones. Margaret es la chica de la que hablaba Nico. Una de ellas, no puede distinguir quién, le ha preguntado si estudia en el posgrado y él responde que sí. Luego todos comentan si tomarán algo y él calcula que tiene la tarjeta del banco de la universidad y piensa que se pedirá una cerveza. Nate dice que tomará algo también y luego hace un comentario que debe ser divertido, o eso piensa, pues alude a cierta capacidad para el gasto que tiene Margaret. Ella se ríe, aunque no parece sentirse cómoda con la broma. Nico ha aparecido de pronto con una cerveza en la mano y rompe la tensión, saluda a Margaret porque la conoce y a él le parece evidente que esa noche el chico de padres colombianos se acostará con Laura si así lo quiere, porque habla con ella a una velocidad que él no podría y es claro que a ella eso le debe de gustar. Luego de decir algo muy rápido para los cuatro, algo así como un ya vuelvo, él decide salirse del grupo e ir hacia la zona donde están las máquinas de cervezas.

Mientras camina se da cuenta de que ha actuado con timidez, de que en el fondo tuvo una ligera esperanza con Laura, y esta desapareció ante la figura de Nico, pero va a aprovechar todo lo que pueda la separación del grupo para aclarar sus pensamientos de una buena vez. Todo está pasando muy rápido esta tarde y esta noche, pero a la vez, se dice, no está pasando absolutamente nada. En una noche normal de viernes habría salido a caminar a la zona cercana a su casa, esa que va en sentido contrario al campus y que se interna en lo oscuro de la planicie, o se acercaría a las luces del Centro a las que nunca se ha atrevido a ir sin compañía por miedo y vergüenza, así como tampoco se anima a ir a la casa de los estudiantes de su edad del departamento de Español que hablan entre ellos y tienen parejas y parecen alejados o desinteresados de él. Alguna vez ha ido al centro comercial a dos millas de su casa a contemplar la soledad de las vitrinas y la belleza de los productos que no podía comprar, o ha visto películas que le han hecho extrañar los subtítulos que les ponían en los cines de la ciudad de la que viene. Entra a las librerías casi vacías y revisa los libros esperando encontrarse con alguien, un amigo imaginario o una chica, pero siempre termina solo y regresa así a su casa, con los audífonos de su *discman* a todo volumen. Cada vez lo hace menos, es verdad, porque cada vez el frío se hace más intenso en esta parte del mundo. De modo que a estas horas, un viernes cualquiera, de seguro estaría en su cuarto, quizás leyendo todavía para las clases o los cursos, o comiendo uno de los helados que tanto le gustan, o tomando uno de esos jugos deliciosos que ha descubierto en este país, o simplemente intentando mirar la pornografía que se produce en la costa oeste antes de permanecer echado en su cama al lado de la ventana que da al cielo puro en el que a veces corre un viento fuerte y al que mira largo rato sin pensar en nada. (O a veces solo en ese sonido remoto que parece escucharse recién a esas horas dentro de su mente, siempre un poco antes de dormir, un timbre lejanísimo con el que suele acostarse y que desaparece con la agitación de la rutina del día siguiente, de las lecturas y también de las clases).

Sabe pedir una cerveza así que lo hace y se la dan, trata de retardar sus movimientos y percibe que allí donde estaban las personas que lo acompañaban, Nico ha abandonado el grupo para irse a otro lado del bar, pegado a la calle Pearl, y que Laura lo mira con un aire que podría ser de expectativa o acaso de espera. Nate y Margaret están hablando a una distancia que imposibilita la conversación con ellos. Va de vuelta donde los demás y cuando está frente a Laura le sonríe y lo único que atina a hacer por ahora es preguntarle sobre el trimestre. Laura le dice que esta vez ha sido muy intenso todo y él le dice que sí, y le dice también lo mucho que lo sorprendió ver ambulancias al lado de la biblioteca durante la semana que correspondía a los exámenes parciales.

—Hay colapsos e infartos entre estudiantes —dice ella.

Él hace un gesto que intenta ocultar su sorpresa.

—No es para preocuparse. No somos la universidad con el índice de ataques más alto del país. Nos ganan las del este. En Cornell tienen la tasa más alta de suicidios entre estudiantes.

Ambos ríen y ella hace un gesto como de que todos están locos. Luego ella le dice cosas que tienen que ver con los *rankings* y la salud mental de los estudiantes, pero él no las entiende muy bien, en parte por el ruido del lugar. Laura le pregunta si como estudiante de posgrado enseña español en la universidad y él contesta que todavía no, pero que tal vez empezará a hacerlo el año que viene o el siguiente. Ella bromea con la beca súper especial que debe haber obtenido y él se siente halagado, y quizás por eso, y con más seguridad que antes, empezará a corregirle las palabras en español que ella ha aprendido con esos estudiantes con los que él no ha podido socializar aún o que parecen no querer darse cuenta de que existe. Por la manera en que ella pronuncia el castellano supone que ha sido alumna de un profesor o profesora argentino, y se lo dice, y ella ríe, y al ver con más detalle el cartílago endurecido de su nariz, la frente limpia sobre la que se despliegan sus cabellos claros, los lentes de color azul (no los había notado al principio, son lindos), y la sonrisa completa, comprende que no tiene la más mínima opción de tener algo con ella y eso lo apena, pero a la vez lo relaja y tranquiliza. ¿Es precisamente eso lo que activa en ella lo que vendrá? Es probable, porque de pronto Laura, que estaba por terminar su cerveza, le da un sorbo y le pregunta si no quiere acompañarla a fumar un cigarrillo afuera. Él dice que sí y después la sigue por entre los cuerpos del bar deportivo, presa de una torpe sensación de inquietud. Nota la belleza de su espalda y le sorprende el contraste entre la fuerza de sus hombros y la delicadeza de sus rasgos. Afuera se distinguen las luces de la calle Pearl y los espera el aire ya sin viento de una de esas noches que anuncian el invierno en Colorado. Él se pregunta si acaso esté empezando débilmente a formar parte de algo.

Laura tiene las manos grandes y bellas, y unos dedos muy largos. En uno de ellos hay una sortija que podría ser de plata —o de otro tipo de metal que él no sabe distinguir— en la que se enrosca un animalejo. Mira sus manos porque luego de encender su cigarrillo le tiende otro, que él acepta, y las puede ver a la luz del fuego discreto que ella le ofrece con su encendedor. Laura expulsa el humo de una manera que a él le parece encantadora, con la muñeca ligeramente doblada hacia el interior como si fuera un cisne apenado mientras mantiene la otra mano en un bolsillo del saco que ahora extrae para intentar cerrarlo sobre su pecho.

—¿Cómo así viniste a estudiar aquí? —le dice él, y al momento se arrepiente de haber hecho esa pregunta.

—¿Cómo vine yo? —responde ella, y sonríe.

Laura le dice algo que le parece un poco extraño, pero no sabe si entendió bien. Le cuenta que llegó a este lugar porque estaba lo suficientemente lejos de donde nació, y eso le pareció tranquilizador. Para sentirse solidario, él comenta que le pasó algo similar y después de eso se hace un silencio y él teme, por unos instantes, que ella pregunte qué lugar es ese, de dónde viene, pero por suerte Laura no lo hace, en parte porque quizás no le importa y en parte porque debe estar acostumbrada a que todos en el campus provengan de sitios lejanos. Laura viene de un pueblo del interior, se entera pronto, de un Estado cuyo nombre no menciona y que él imagina al norte del país. A la luz alta de los faroles de la calle, ella se ve de la edad que en verdad tiene, unos veintidós años o veintitrés a lo sumo, él no cree que más. Le está diciendo que estudiar en esa universidad es extraordinario para ella. Muchos de los chicos que viven en este campus, le cuenta, son hijos de familias de los Estados aledaños a Colorado —Kansas, Nebraska, Utah— que han mandado a sus hijos a la mejor universidad de la región, aunque otros son de California y los menos —los excéntricos— del este o del noreste, chicos con plata que solo desean estar lejos de sus padres. Le dice lo que ya sabe, que ese campus sale siempre entre los *rankings* de los más bellos o de los mejores para vivir en todo el país y eso anima a muchos a irse lejos de sus casas para estar donde ahora están.

—No creas que así es el país —le dice Laura, como si hubiera entendido que él no lleva mucho tiempo aquí.

—Vivimos en una burbuja —dice él, repitiendo algo que ha escuchado antes.

—Así es. No te engañes.

Mirando el paseo peatonal de piedra roja, Laura le confiesa que quizás por eso le gusta este lugar. Porque dentro de todo es irreal. Ella había acabado el colegio e inmediatamente había postulado aquí. El lugar en que ahora vivían era liberal, a pesar de que el Estado era conservador. Es extraño, insiste Laura. Este Estado tenía la universidad más demócrata de toda el área, por estas calles peregrinaron Jack Kerouac, Allen Ginsberg y los *beatniks*, pero tan cierto como eso es que, al lado, a pocos kilómetros, se encontraba el fortín más grande del ejército norteamericano que ocupaba Afganistán. Él no tiene nada que aportar a esa paradoja y asiente como asiente las veces en que se habla de la locura de este país, que él no conoce en absoluto. Él piensa ahora de qué manera responderá cuando ella le pregunte por las condiciones bajo las cuales llegó aquí, pero resulta que la conversación les va a tomar exactamente lo que le ocupe a ella terminar de fumar su cigarrillo. Vamos, lo anima ahora, con un aire resuelto que le hace seguirla de inmediato. Cuando se lo dijo no se percató de que a él le faltaba un poco para acabar el suyo, así que se ve obligado a apagarlo mientras comprueba que, pese a que ella debe de tener unos seis o siete años menos que él, el manejo del idioma y el conocimiento del país la hacen parecer la mayor de los dos.

Regresan al bullicio y a las luces y a las sombras y descubren que Nate y Margaret han reaccionado como si hubiesen sido sorprendidos en medio de una conversación densa, algo así como un intercambio de secretos de carácter incriminatorio. Ambos los miran y reconocen, pero entre ellos parece haberse instalado un pozo vacío.

Algo se ve diferente en los rasgos de Nate, como si acabara de salir de un sueño peligroso. Algo que se ha quedado fijado en él más allá de sus tibios saludos y de una falsa alegría. Algo de eso, o una sensación de zozobra nueva, le gana de pronto y lo hace salir de la escena e ir a la barra a pedir otra cerveza. Mientras lo hace, siente una ligera incomodidad y una desventaja, un cierto exceso de experiencia que se concentra en los cuerpos y las mentes de las personas que lo rodean y está fuera de él, pero quizás solo sea una percepción. Pasan demasiadas cosas y hay demasiados estímulos, y solo entonces un pensamiento nuevo cruza su mente y recuerda que no salía de noche ni siquiera en los últimos años que vivió en el país que acababa de dejar. Había sido como una forma de protegerse de sí mismo o de no despedirse nunca, se dice. Pero no quiere pensar en eso.

Le dan una cerveza y, desde donde está, ve que al lado de Nate, Margaret y Laura han vuelto Todd y Nico. Siente el privilegio de ver una escena del mundo sin que forme parte de ella, algo que estaría ocurriendo igual sin su presencia si se hubiera quedado en su cuarto de estudiante y no hubiese salido esta tarde con Nate. Ahora los observa desde la posición de algo no humano, una cámara neutra que los vigila lánguidamente. Desde ese lugar de protección le parece que puede mirar todo sin implicaciones, como un etólogo a las criaturas que investiga, y le parece también que podría establecer un orden natural de las cosas si le fuese dada la posibilidad de definir las relaciones que rigen el mundo de la naturaleza humana. Vuelve a usar juegos mentales como protección. Si se respetara el orden que se establece entre los seres que se lanzan a buscarse en la noche, es muy probable que Laura quiera conversar y seguramente pasar la noche con alguno de los dos chicos que hablan y no hablan con ella, si es que no lo ha hecho ya antes. ¿A quién elegiría él en caso de ser ella? Ve a Todd sonreír con su *shot* en la mano sin ser consciente de su lánguido esplendor y ve a Nico bajo el arrebato de brillo sensual que le ha sido concedido. Laura es intelectual y acaso prefiera a Todd, supone, pero muchas veces las chicas, y la gente en general, se sienten atraídas por sus opuestos, así que se podría encaprichar por Nico. Mira a Laura conversar con ellos y luego le parece percibir que cada cierto tiempo tanto Nico como Todd desvían sus miradas fuera del grupo hacia la parte exterior del bar, como si esperasen algo que estuviera por acontecer allá afuera. En la ironía del ciclo vital, ninguno de ellos parece demasiado interesado por la chica que a él lo emocionó tanto solo con haberle pedido fumar un cigarrillo.

No se siente amargo. Sonríe como defensa. Lo hace siempre, incluso desde antes de llegar aquí. Se pega a la barra, se acodera sobre la encimera del bar y recoge una de las piernas sobre los estribos inferiores como si fuera consciente de que alguien lo mira. La duda de si debe irse o no lo alcanza de pronto; es la primera vez que piensa en la retirada. Para no afrontarla comienza a observar con cierta paciencia a los estudiantes de la universidad y sus razas diferentes, esas que no notó cuando entró recién al espacio. Nota que hay un par de asiáticos y se pone a mirar entre los blancos quiénes podrían tener ascendencia irlandesa o italiana o rusa, y juega a imaginar un origen étnico para cada uno de ellos. Descubre así que, en una de las mesas pequeñas y altas del otro lado de la barra, detrás de tres *shots* a medio consumir, hay tres chicas que conversan entre ellas, solo que una parece mirarlo y, además, le sonríe, le está sonriendo a la estúpida sonrisa que él esboza como defensa, aunque al fijarse con más detalle le parece sospechar que la conoce de antes. O eso cree. Está de pronto tan abrumado por el prodigio que acaba de ocurrir que le costará entender que no es un prodigio. Ese rostro que le cuesta encajar, ese rostro de esa chica tan ligera, morena, de pelo negro y lacio, es el mismo de la chica que a veces se ríe después de las intervenciones que él hace sobre las aburridas novelas del siglo XIX que ocupan las clases de uno de los seminarios que lleva en la maestría. La cátedra la dicta un profesor uruguayo que, como forma de compensación, les añade a las ficciones un aparato crítico extraordinario. Él aguza la mirada y se le hace más evidente que sí, es ella. Sus ojos son grandes e inconfundibles, y su risa también. Él ha volteado luego del cruce de miradas, si es que fue un cruce. ¿Por qué lo acaba de hacer? No lleva ninguna otra clase con él y no la ha visto jamás en otro espacio que no sea ese único seminario. No es parte del departamento de posgrado de Español donde él estudia y tampoco trabaja junto a los otros becarios de su edad; es solo una alumna puntual de esa única clase. En esas sesiones permanece sentada al lado del profesor y no habla nunca, como si tuviera licencia para no participar de los comentarios de las novelas. Solo se dedica a mirar a todos y todo con sus grandes ojos oscuros, sus cejas levantadas —que son quizás lo más hermoso que tiene—, su boca de labios pequeños que, recuerda ahora, solo algunas veces, cuando él ha intervenido en clase u otro compañero lo ha hecho con poca fortuna, se han reído con él mientras sus ojos se encontraban. Un segundo, no más. Como tal vez ahora, porque han vuelto a coincidir y de pronto él la ha saludado con un gesto tímido, una ligera levantada del mentón. Y ella lo mira desde donde está y ríe más, con total libertad, desde el otro lado del bar.

Y es entonces que él no sabe qué hacer.

Ha volteado el rostro hacia cualquier lado, se ha escondido de sí mismo y luego ha descubierto que Todd lo está llamando. Él se siente aliviado de que ella vea que no está solo, y le gusta que sean precisamente Todd, Nico, Nate,

Laura y Margaret quienes lo acompañan. Allí están sus compañeros, hablando de política o de la vida universitaria mientras él se pregunta por la chica de ojos grandes. ¿Cómo era que se llamaba? En los seminarios de posgrado nadie toma lista y cuando los alumnos intervenían el profesor uruguayo los llamaba por sus apellidos con un dejo cariñoso, y creaba así, en la mesa del salón rosado en que se reunían protegidos del frío del otoño, la sensación distendida de una charla de amigos. Ella no había intervenido nunca en clase y, si alguna vez lo había hecho, él no había retenido su apellido. Por otro lado, había estado tan concentrado durante esos meses en completar los trámites de alumno extranjero recién llegado, en conseguirse un espacio donde vivir en el campus, en asegurarse de que entendía de manera suficiente las separatas críticas que le daban a leer en inglés y en obtener la atención y valoración de los profesores en las clases —además de sostener esas intervenciones y esas notas altas con el objetivo de asegurarles a todos que habían hecho bien otorgándole la beca—, que no se había puesto a pensar jamás que algo así le ocurriera, algo en torno a una mujer. Alguna vez había pensado que quizás algún día, cuando realmente supiera en qué consistía la dinámica de entrega de trabajos y calificaciones, cuando ya estuviera seguro de que la dominaba, se ocuparía de pensar en ese tipo de cosas. Acababa de llegar hacía solo cuatro meses y vivía ciñéndose a un propósito claro. Había invertido mucho esfuerzo mental en sobrellevar los imponderables que le tocan a todo inmigrante. Le había sorprendido la manera distante en que la gente se saludaba, el cuidado estricto del espacio personal, la variedad deslumbrante de productos que encontraba en cada visita al supermercado, la costumbre perturbadora de los perros de ese país de no ladrar nunca. Las chicas rubias a las que veía en el campus cuando salía con su *laptop* recién comprada le parecían deslumbrantes, pero a la vez lejanísimas; eran como figuras proyectadas sobre un écran inmenso que agrupaba todas las series y películas que había visto tantos domingos durante su infancia y su pubertad en la ciudad que quería dejar atrás. No había reparado en el hecho agradable de sonreírse esas pocas veces con una chica, y mucho menos en la posibilidad de que de pronto, una noche de viernes, en un bar del Centro y acompañado de gente real, estuviera cerca de esa chica real que se puede considerar parte de su vida y a la que, de pronto, en un arrebato inusual, se atrevió a mirar. Y está allí, en la misma mesa en que la vio antes, hablando con sus amigas en un lenguaje que supone inglés, y entonces el frío de la calle parece contrastar con el polo blanco de tiras que descubre la delicadeza de sus hombros y contrasta con su piel. No ha terminado su visión cuando la cola con la que se ha amarrado el pelo se mueve enérgica porque ha volteado a ver a una amiga que se está riendo al verlo a él. Entonces él ha vuelto la cabeza con brusquedad ante el miedo de que lo sorprendan mirándolas y siente un latigazo de vergüenza. ¿Hablarían de él? Voltea a ver a sus compañeros y advierte que todos se están mirando con los gestos de haber tomado una decisión que lo sobrepasa porque no ha sido considerado en ella.

—Todd dice para irnos —le avisa Nate cuando llega a su lado—. Y Nico está algo impaciente.

—Esto es como Madrid, *chico* —le dice Todd, haciendo un guiño, y luego agrega en español algo así como—: *Vamos de bar en bar hasta el fin de la noche.*

Todo pasa muy rápido. Todos llevan sus *shots* en los vasos de plástico del bar deportivo y al ir al lado de ellos hacia la salida algo rígido se apodera de sus pasos, como las ganas de no irse o de ir muy lento, pero sus compañeros van a una velocidad regular y cuando voltea a ver a la mesa de la chica de ojos grandes ella está como mirándose los pies con una sonrisa que lo distrae por un microsegundo de la belleza de su cuello delgado. Las luces de la calle Pearl destellan allá afuera y él se aproxima a ellas llevando su cerveza en la mano con una sensación de pérdida, pero apenas llega a la calle, Laura le extiende un cigarrillo y la impresión se disipa de inmediato. Ambos se sonríen débilmente y fuman mientras los otros miembros del grupo caminan hasta encontrarse con un local llamado Old Chicago, una pizzería grande de la que varios grupos salen con cervezas y tajadas que llevan en las manos para comer afuera. Laura y él no entran porque no han acabado de fumar y ella comenta con una sonrisa lo gracioso de su acento y la manera deliciosa con que usa la palabra «interesante» para todo. Los dos se ríen. No lo había notado. No sabía que usaba esa palabra tanto y, mientras le ve los dientes blancos y alineados, él no sabe interpretar si ese gesto ha sido burla o coquetería. A la luz frontal del cartel de la entrada, probablemente la más potente de toda la cuadra, advierte que el pelo de Laura es ligeramente zanahoria. Sus lentes de marcos azules muestran ahora el celeste de sus ojos con mayor claridad y también la superficie de su piel, una película muy delicada de brillo sobre la frente y, cerca del mentón, una ligera, muy pequeña, marca de acné juvenil. Repasando sus rasgos, él confirma que está delante de una de esas chicas que siempre tenían un lugar, si bien nunca protagónico, en las series que miraba de chico. Le da por pensar qué lugar podrían tener Nate o Todd en la televisión producida en su país cuando se da cuenta de que, al lado de ellos, el ambiente se ha desatado y se siente una ansiedad mayor en el aire. Es más tarde, es eso, y en la calle Pearl aparecen grupos de chicos que llevan polos ligeros o algunos que no los llevan, desafían a la estación y al frío, y gritan con la desesperación de los hinchas de fútbol una serie de consignas lanzadas a la noche y a los otros que él mira desde cierta distancia. Las chicas están con ellos o están solas, varias llevan tacos altos, se han vestido especialmente para la noche, algunas se han maquillado con cierta ostentación, y él nota que en todos ellos hay un resplandor destinado a buscar compañía o al menos una forma de atención. Fuma su cigarrillo y se siente ligeramente opaco, aunque la sensación no le es del todo incómoda. Bota las cenizas mientras ve por todos lados a gente menor que él: los brazos levantados, los cigarrillos arrojados al piso o suspendidos sobre las orejas, las cervezas en vasos de plástico transparente que reflejan la luz de los postes como si fueran pequeñas antorchas, los gritos. También Laura los mira desde una cierta distancia teñida de melancolía y mientras más piensa él en qué decirle, más esa idea se le escapa de la mente y huye de sus labios. Permanecen en silencio hasta que se les une Nate, quien ha dejado la pizzería porque también fuma, aunque lo hace a su manera. Empieza a liar a poca distancia de sus ojos y con manos algo nerviosas un cigarro artesanal, tratando de poner sobre él las hojas de tabaco que lleva en un pequeño envoltorio, porque desdeña todo lo industrial. Nate desaprueba la ropa de marca, solo come productos orgánicos que compra en ferias que realizan lejos del condado los propios agricultores y cuando tiene sed bebe únicamente agua. Ambos lo ven operar y terminar de armar el cigarrillo, llevárselo a la boca y prenderlo antes de ponerse a observar el mismo espectáculo. Al cabo de unos segundos, sus ojos se abren como tratando de enfocar los piquetes que se desplazan vorazmente por la calle. Nate es miope.

—Los chicos y las chicas de América —dice Laura, con una voz que intenta recitar algo—. Pasan tanto tiempo triste juntos.

Y los tres se quedan mirando la escena.

—¿Has escuchado The Hold Steady?

Es Laura quien ha hecho la pregunta y se la ha hecho a él. A él le cuesta darse cuenta.

—¿Perdón? —dice.

—Los Hold Steady —repite lentamente ella, soltando el humo hacia un lado de su rostro.

—No.

—Una banda *indie* —dice Nate.

—Son los que citan esa frase de Sal Paradise de *En el camino* —dice ella—. La dice Sal en un capítulo que ocurre justo en las afueras de Denver, aquí en Colorado. Es de noche y él se ha ido a una barriada y acaba de estar con una chica y de tener una escena tenebrosa y sexual con ella y, al dejarla, reflexiona de ese modo: *Los chicos y chicas en América pasan tanto tiempo triste juntos.*

—¿Son buenos? —pregunta él, por decir algo.

—Son buenos —concede Nate, su voz parece adulterada por la raspadura del tabaco artesanal—. Son buenos, aunque igual son músicos de campus. Citan a John Berryman y a Jack Kerouac…

Laura lo mira de costado y entorna los ojos como hacen todos cuando Nate lanza sus sentencias.

—La frase aparece en un tema reciente de la banda —lo ilustra ella, y a él le parece que no hay ostentación en su manera de hablar sino ganas de transmitir emoción—. El álbum se llama justamente así: *Los chicos y chicas en América* —añade, y luego de aspirar el humo y soltarlo recita la letra—: «Chocando unos y otros con expectativas colosales. Dependientes, indisciplinados y durmiendo tarde…».

Laura sonríe para sí misma. Le gustan esas líneas, dicen una verdad. Él no puede evitar que le guste el grupo, aunque no lo haya escuchado, pero le encanta escucharla cantar en ese idioma con ese acento indefinible.

—Son buenos —insiste Nate, aunque con aire ausente.

—Nate piensa que el rock ya no pasa en los garajes de las casas de los chicos que sienten rabia contra el mundo

—dice Laura—. Pasan otras cosas en los garajes, piensa Nate. El rock está ocurriendo en los campus universitarios de este país al que los chicos van pagados por sus padres, ¿verdad, Nate?

Nate mira a Laura y parece que quisiera sonreír, pero no puede. Ella voltea y le dice a él que son buenos, son realmente buenos, pero los realmente buenos buenos, los que ella ama, no son de este país, sino de Canadá, y se llaman The Arcade Fire. Es una banda de Montreal con muchos músicos, casi diez, que hablan de la vida en los suburbios de la llanura norteña como nadie en estos primeros años del nuevo siglo.

Él no sabe qué responder.

Laura hace un gesto que reafirma lo que ella misma acaba de decir y después de eso, de una particular satisfacción en medir las bandas que suenan en ese momento, y a manera de broma, añade que hay muchas realmente buenas de la onda *indie*, y luego dice que, aunque lo niegue, Nate es un tipo *indie* también, solo que él se empeña en llamarlo de otro modo.

—Su banda favorita es The National —dice Laura, y sonríe—. Nate la adora solo porque el vocalista se parece a Todd.

—Es cierto —dice Nate, levantando las cejas como para hacerse el sorprendido—. Se parece.

—Es un guapo —dice Laura.

Él se queda mirándola a los ojos y lamenta no haber podido retener los nombres de todos esos grupos.

—El cantante —aclara ella.

Esperan un rato a que Nate termine su cigarrillo artesanal y luego entran juntos al sitio de pizzas. El local es más grande que el anterior y tiene muchas zonas vacías. Está compuesto por un bar amplio con una gran pista de baile y más allá varios espacios interiores con una iluminación bastante pobre, mesas familiares o que lo parecen abandonadas a esas horas, mesas de billar con luces planas y, al final, pasando un pequeño patio exterior, casi como si fuera un rincón aparte, una segunda barra rústica y oscura en la que no hay nadie, una suerte de espacio habitado solo por sombras que parecieran permanecer al acecho de personas sin memoria. Los chicos y las chicas están dispersos por todos esos ambientes, comiendo pizzas y tomando cervezas, pero ellos no ven rastro de los compañeros a los que Nate dice haber dejado junto a las mesas de billar. Regresan al primer ambiente, el más amplio y cercano a la calle y donde hay más gente y música, y ahí descubren a Nico y a Todd confundidos entre los demás. Nico habla de una manera muy próxima con una chica de pelo castaño hasta los hombros, de una belleza predecible pero incuestionable; Todd está rodeado de tres mujeres diciendo algo aparentemente gracioso porque ellas ríen mientras él se lleva la cerveza a los labios y mira de manera lejana a la gente que ya empieza a bailar en la pista. En la barra, con los ojos grandes y un rictus de impaciencia que desordena por un momento su belleza, Margaret aguarda por ellos. Cuando reconoce a Laura, o a lo mejor a Nate, sus bellos rasgos se destensan. El grupo se reúne luego de esas señas siempre un poco imperceptibles de reconocimiento y él escucha que Margaret le dice algo a Laura y a Nate a una velocidad natural entre ellos, una velocidad a la que él no puede acceder, sobre todo por esa bulla que borronea todas las palabras. Sabe que Margaret habla de algo que solo ellos tres entienden y entonces él se concentra en la música, que no puede reconocer. A lo lejos le parece notar una sombra en los ojos de Todd, aun cuando está rodeado de chicas. También piensa que con Laura, o con quien sea, sus conversaciones solo pueden darse en espacios abiertos como la calle misma o pacíficos como el restaurante donde estuvieron al principio, pero no en sitios como este. Se pregunta en qué momento

Laura tendrá ganas de fumar y si lo invitará a salir cuando las tenga, y se plantea de qué cosas podrían conversar. Decide separarse un momento e ir por una cerveza.

Camino a la barra piensa que un trago fuerte lo puede desinhibir y que quizás esta noche, vaya como vaya, lo va a necesitar, de modo que decide que se va a pedir esa cerveza espesa que un compañero del departamento de Español le recomendó tomar. Era buena, enfatizó, y se produce en Colorado. Tomarla era una forma de consumir algo de la tierra en la que estaban, de tener algo de calidad y, también, se dice ahora, es una manera de dejar en claro que él tiene otra edad y no se resigna a las Coors o Budweiser de los estudiantes, esos chicos y chicas de los que hablaba Laura. Fat Tire. Ese era el nombre de la cerveza. De modo que se la pide al muchacho de la barra con toda la autoridad que puede reunir y, al cabo de un rato, que esta vez no le parece sospechoso (otras veces ha maliciado que en este país siempre se demoran un poco en llevarle las cosas cuando ha ido a espacios públicos que no sean las oficinas de la misma universidad), el *barman* la vierte en un vaso delante de él. Se sorprende por el tono del líquido y también por el precio, mayor al de las cervezas convencionales, pero puede distinguir con claridad que el sabor es distinto y mejor. De modo que se la toma con cierto orgullo cuando en su mente aparece la imagen radiante y a la vez extraña de la chica de ojos negros. ¿Cómo era que se llamaba? Le parece tener el nombre en la punta de la lengua, solo que se trata de uno que proviene de un sitio que no es el de la realidad. Sabe que aún podría estar cerca de ella, pero también que es completamente absurdo pensar en la posibilidad de volverse a ver. No había pasado, además, nada especial. Solo se habían reconocido y saludado, lo normal. Termina la cerveza casi sin notarlo y el chico de la barra le dice algo tan a favor de la Fat Tire, tan a favor de la calidad de la bebida y de su gusto al elegirla, que cuando le hace la propuesta de servirle otra no le queda más que aceptar. Mientras se la traen siente de pronto que el alcohol amenaza con subírsele rápido a la cabeza y quizás por eso paga sin dolor: tiene un ingreso fijo mensual producto de la beca y algunos pocos fondos en el banco. Nunca había gastado en una cerveza desde que llegó aquí. Con la segunda cerveza en mano ve que al lado de la barra Laura está en una posición parecida a la de él, sola, mirando a la gente bailar mientras detrás de ella, un poco separados, Nate y Margaret sostienen una conversación intensa diciéndose cosas al oído.

En un gesto de audacia decide acercarse a Laura. Le alegra ver que cuando ella lo reconoce le hace un gesto que le indica que es bien recibido.

—¿Quieres una cerveza? —le dice él, levantando la voz.

—Una simple —dice ella, mirando el vaso que trae.

Él deja el suyo al lado de ella, en la encimera, y va al otro lado de la barra por una cerveza simple. Cuando se la entrega se anima a preguntarle por los grupos y Laura le repite el nombre de los canadienses y esta vez los retiene. Laura le agradece por la cerveza y hace el gesto de si es necesario pagarle y él le dice que no y ella sonríe. Él le pregunta cómo así empezó a interesarse tanto por los libros y por su vocación, y ella le dice que no le entiende bien y él hace un gesto de abandonar por un momento la charla, pero ella le está diciendo para irse al otro lado de la barra, donde hay menos bulla, y entonces los dos caminan juntos y cuando él vuelve a formularle la pregunta levantando levemente la voz, ella le entiende al fin. Él afirma algo y ella le dice que no estudia literatura inglesa.

—Margaret y yo solo hemos llevado algunos cursos juntas —dice, acercándose a su oído.

—Entonces ¿qué estudias? —pregunta él.

—Psicología —casi grita ella—. Pero la verdad es que me habría gustado estudiar literatura como Margaret, o como tú.

Lo último no lo entendió del todo, pero ella se lo repite y le queda claro. Él le pregunta por qué no lo hace y ella le hace entender que sus padres no la hubieran apoyado. Para ellos fue demasiado esfuerzo mandarla a la universidad y la literatura no les iba a dar retorno a esa inversión. «Puedes leerla», le dijo su padre, y eso la convenció. Lo que dijo papá en el fondo era cierto, dice Laura. Así que escogió esa carrera. Y por eso está aquí.

—Pero para serte honesta, lo que en verdad me gusta es la literatura —dice—. Y más todavía que la literatura, escribir sobre música.

Después de eso ella le habla de una novela cuyo título y autor él tampoco puede retener, pero ella le está contando la historia, que le encantó: es sobre un chico de campo que es enviado a la universidad, con mucho esfuerzo de parte de sus padres, para que sea ingeniero agrícola, de modo que los ayude a mejorar la producción de sus tierras. Pero el chico entra a una clase de estudios generales dedicada a literatura y escucha a un profesor disertar tan bien sobre la poesía de Shakespeare que eso le cambia por completo la vida y no vuelve a ser el mismo. Sale de esa clase convertido en *otra persona* y esa nueva persona decide cambiar de carrera y engañar a sus padres diciéndoles que estudia ingeniería cuando, en verdad, se ha cambiado a la Facultad de Literatura. Con el tiempo se vuelve un profesor de literatura en un campus parecido a este, solo que en el este. Ella le dice el título del libro, pero cuando él le comenta que no lo entiende ella le cuenta que es el apellido del protagonista.

—A veces me lo pienso… —dice ella—. Hacer lo mismo. Pero aún no reúno las fuerzas para engañar a mis padres —se ríe—. Y, además, la verdad es que me gusta la psicología también.

—¿Y de dónde son tus padres?

—Del sur… —le dice ella, y luego—: Margaret y yo somos chicas del sur.

Eso no le da demasiadas pistas.

—Somos de Oklahoma.

Él la mira.

—Mis padres y yo.

—…

—Nada interesante, lo sé. No había nada emocionante en mi pueblo salvo ir el fin de semana a Tulsa o a Oklahoma City.

La repetición de la palabra Oklahoma le dice algo a él y de pronto, de una manera que al segundo de hacerla le hace sentirse idiota, le pregunta si no son de ahí los personajes de *Las uvas de la ira*. Ella cierra y abre los ojos, como si no hubiera comprendido, y él se disculpa por su pronunciación y repite el título. Le dice que es una novela clásica de John Steinbeck, la novela de los granjeros que deben dejar sus tierras y viajar penosamente a California a causa de una tormenta de arena. Laura hace el gesto natural de entender y el escénico de mover la cabeza como si hubiera sido atacada de nuevo por una migraña; luego se lleva la mano al pecho, que en el descuido asoma de manera inesperada entre el saco abierto. Él le dice que le fascinó la novela cuando apenas era un adolescente y recuerda la edición barata, más barata que una cerveza, que compró en el piso de una avenida del centro de su ciudad, y la manera en que sintió indignación y rabia leyéndola, al punto de sentirse Tom Joad, pero ella le comenta que conoce perfectamente la novela porque la gente de Oklahoma la lee, y si no la lee hablan de ella como si la hubieran leído. Puede parecer estúpido, pero a él le resulta impresionante conocer a alguien de un lugar donde ocurre uno de esos libros que marcaron sus primeras lecturas. Entonces recuerda: la carretera llena de polvo en pos de la ciudad, las fogatas donde unos hombres hablan de sus miserias, la forma en que huyen de sus tierras, la dificultad de llegar a un destino donde serán maltratados, la manera en que los insultan, ese campamento donde los migrantes se reúnen como animales sucios a resistir el desprecio de los demás. Todo eso recuerda, pero sobre todo la sensación remota y a la vez específica del libro, una sensación que en este caso es un malestar imposible de verbalizar y que se aloja en una zona de sus tripas y que produce una especie de resplandor doloroso detrás de sus ojos.

—Si eres de Oklahoma —dice Laura—, ese libro te enseña que de alguna manera tienes que salir de allí.

Él la mira con cierta fascinación: Laura es una chica de *ese lugar* y lo dejó para estar *aquí*.

—¿Te acuerdas de la tortuga? —le pregunta ella, casi pegada a él para resistir el sonido del ambiente.

—¿La tortuga?

La tortuga, le dice, y él sigue perplejo. Trata de luchar con el efecto de la cerveza cuando Laura le habla de un capítulo entero de esa novela dedicado a los movimientos de una tortuga. Es uno de los primeros y ella lo leyó de niña. El animal realiza un viaje heroico que implica cruzar una carretera de un lado al otro llevando con ella, de modo involuntario, a otros animales pequeños como insectos y también briznas de hierba. Está cruzando ya la carretera con la determinación de alguien que transita al fin un lindero importante en su vida cuando un auto pasa y la esquiva, y luego pasa otro que la golpea adrede y la lanza a un extremo de la cuneta. Pero ella se esconde en su coraza y espera mucho rato a que todo se calme hasta que, al final, saca su cabeza y sus patas de la concha y reemprende otra vez el viaje en la misma dirección. Ahora la narración es tan clara que a él le parece reconocerla.

—Aquella vez leí ese capítulo como si fuera una fábula —dice ella—. Luego, en la escuela secundaria, pude leer toda la novela y entendí el sentido completo del animal.

—¿Cuál era? —dice él.

—El viaje, la voluntad, la terquedad —responde Laura, mientras baja la intensidad de su voz—. La resistencia ante los obstáculos y el horror ante la presencia de fuerzas más poderosas que siempre nos persiguen. El coraje, el valor y el arrojo para dejar un sitio e ir a otro. La migración.

—La recuerdo —dice él.

—En la escuela nos dijeron que representaba a la familia Joad —añade—. Ya sabes, lleva a otros seres encima, y a toda su casa, como el auto que conduce a la familia, obligados todos a abandonar Oklahoma. Pero ahora creo que es mucho más que eso. Creo que representa a quienes han dejado sus casas y se han ido de ellas llevando todo lo que tienen consigo. Los que quieren empezar de nuevo y borrar lo anterior. De hecho, tú y yo lo somos. Tú y yo somos la tortuga. Y la carretera es donde estamos ahora.

—...

—Y no sabemos qué fuerzas evitarán herirnos y cuáles querrán aplastarnos.

Él siente algo tangible y con peso propio que golpea las paredes de su cráneo, pero no dice nada, y Laura tampoco. Que ambos sean lo mismo le ha generado un sentido de comunión. Migrantes. Eso eran. *Era.* Cuando voltea a verla metida en pensamientos que no quiere interrumpir le parece reconocer más allá a Margaret y a Nate. Ella le está diciendo algo mientras él mira la pista de baile o hace como si la mirara, porque él sabe que no enfoca bien.

—Espérate un momento —le escucha decir a Laura.

Mira hacia donde va ella y se da cuenta de que Margaret la está esperando. En ese momento le parece que la relación entre ellas dos no es del todo horizontal, pero se dice que así son la mayoría de las relaciones entre dos personas, y en esta es claro que Laura lleva la parte menos beneficiada. Por eso camina con diligencia hacia donde Margaret y Nate han reiniciado una conversación que parece todavía más intensa. De pronto, Margaret se despega de Nate y va al encuentro de Laura y en ese momento él decide que tiene ganas de ir al baño poco antes de sentir las ganas reales de ir. Voltea hacia la barra y pregunta por los servicios y luego hace la ruta que conduce a ellos sin mirar a sus compañeros. La cola de hombres es más corta que la de las mujeres en todos los bares del mundo, se dice. El primer hombre sale y el segundo hace su turno tan rápido que se imagina que ha entrado solo a meterse un tiro de coca. Cuando entra al baño es inevitable encontrar su propia imagen en el espejo del lavabo, pero no se detiene en ella. Se acerca al urinario de al lado y observa los trazos y dibujos que otras personas han dejado en las paredes, frases que van en pos del mero registro a la búsqueda de la inmortalidad. En todas nota egos en formación, en estado de desafío, inseguridades, ánimo compensatorio. Ahí, mientras vacía la vejiga y mira las inscripciones, reconoce que finalmente ha llegado a los Estados Unidos. Ha cruzado la carretera con todo lo que tiene y ahora sí, increíblemente, estaba *realmente* en un sitio que era Colorado rodeado de personas que saben que existe. Piensa en Laura, en sus citas constantes de novelas y bandas, en esa sofisticación que intenta disfrazar su aire campesino, en su timidez encantadora, en la manera en que intenta ocultar sus pechos… Se acerca al lavabo a echarse agua porque sería bueno recuperar la atención y el idioma para seguir hablando con ella de todo lo que estaban hablando antes de que entre ellos se interpusiera el llamado de Margaret. Quizás lo harían fumando un cigarrillo que ahora le invitaría él. Piensa en eso y trata de serenarse, de ganar control sobre sí mismo, y entonces se atreve a mirarse en el espejo para alisar su chompa cuando escucha que tocan la puerta del baño con violencia: se ha tomado más tiempo que el de un hombre normal en los servicios. Siente que lo han capturado desprevenido, que un haz se ha proyectado sobre él como cada vez que cree haber hecho algo malo o inapropiado y por eso sale rápidamente con el temor a ser señalado. Se ha formado una pequeña cola de hombres que parecen renegar cuando él pasa a su lado.

Nadie le ha dicho nada ni se ha dirigido a él con agresividad, así que vuelve con cierto alivio y la voluntad de enfrentarse a lo que le toque, pero ni Nate ni Margaret ni Laura están donde los dejó. Explora la pista de baile y la barra, pero no los ve, y siente la amenaza de una sensación que quiere rebatir esta vez, antes de que cobre sustancia, de manera que vuelve a mirar con atención la barra semi-poblada y la pista y, al no encontrarlos, decide buscarlos en la zona del fondo, donde acaso estén haciendo algo inesperado. Cuando recorre esos sitios se da con pocas personas mucho más ebrias, algunas de ellas inmersas en asuntos que necesitan de oscuridad: parejas metiéndose mano, chicos besándose, un grupo tomando a través de retos y apuestas y a todo tren de una botella de licor transparente que debe de ser mezcal. No los encuentra ni en el billar ni en el patio exterior, y cuando se acerca a la cantina abandonada cuya puerta sigue abierta, aunque él no entienda la razón ya que no hubo nunca nadie en ella, le falta valor para asomarse. ¿Por qué habrían venido aquí? ¿Por qué le pasaría a él algo así? Se está aproximando al umbral cuando recuerda la imagen que vio por primera vez al lado de sus amigos, esa barra oscura que parecía abandonada y las butacas ocupadas por el vacío y unas formas extrañas más allá de lo que serían solo botellas indistintas. Sobrepara. Solo dará un vistazo, no es necesario más, de modo que se acerca y enfrenta el perfil de esa imagen desolada que aguarda por él, solo que ahora advierte en ella esos puntos de luz que suelen aparecer bajo sus ojos cerrados cuando lo vence el cansancio, pero que en este instante reconoce con los ojos abiertos por un par de segundos. Entonces algo interior lo sacude y decide alejarse del lugar.

Camina rápido hacia la pista de baile y al llegar sí que le resulta difícil apartar la sospecha de que los tres chicos han aprovechado el momento en que se fue a los servicios para irse y dejarlo. O quizás simplemente se olvidaron de él. Eso pudo ser. Y eso, se trata de convencer, era a lo que le temía. Su cerveza está exactamente donde la dejó. Muy bien, no es para tanto. Tiene que estar sereno y lo está. Tiene la edad que tiene. Las luces que mira son las que proyectan los tachos de luz sobre las paredes y las personas que bailan. Se lleva el vaso a los labios, se acodera en la barra y sin esforzarse mucho reconoce el pelo rubio de Todd, y algo más allá, la figura de Nico junto a una chica que, acaso, debido a su posición bajo el brillo de un haz cenital, parece la más deslumbrante de todas las criaturas de esa noche: su pelo dorado cae lacio y simétrico desde una altura superior al de las otras chicas y opaca incluso a la muchacha con la que Nico había estado hablando antes. Bailan tomados de la cintura.

Él se queda con el resto de su cerveza mientras espera a ver si algo nuevo ocurre, pero no pasa nada. Se deja alcanzar por el primer asomo de cansancio y tiene ganas de irse a dormir. Sabe que bastaría con decidirlo; podría decirse que tuvo una noche realmente intensa para sus estándares. No tendría que despedirse de estos nuevos amigos porque ellos no notarían que se fue. Le bastaría con irse caminando a su casa si el frío no es tan intenso o acercarse a uno de los paraderos en donde pasan los buses que lo pueden acercar. Y eso era todo. Así que, sabiendo que eso es posible y simple y que por eso está a salvo, decide esquivar la sensación de derrota y pide una última cerveza, aunque ya no una Fat Tire. Una simple. Y ya. El tipo de la barra se la sirve sin comentarios y él se la toma mientras mira a los muchachos y muchachas de la noche tratando de imaginarse sus circunstancias y necesidades cuando, después de un buen rato, le parece vislumbrar afuera de la calle Pearl la larga silueta de Nate que está intentando identificar el local donde están, porque seguramente vuelve de algún sitio al que se fue hace un tiempo con las chicas y del que está regresando acaso por él. El loco de Nate: sus ropas artesanales bajo los focos ámbar de la calle, los ojos que se entrecierran para tratar de imponerse a la miopía. No lo había abandonado ni mucho menos. Cuando finalmente entra al local y lo reconoce, él nota que en su semblante hay un resabio amargo.

—Margaret se fue —le dice apenas llega a su lado—. La fui a dejar.

—Ajá —dice él.

Nate resopla y le hace al tipo de la barra un gesto de querer una cerveza.

—Y Laura se fue con ella —añade.

—Entiendo.

Nate le da un trago muy largo a su cerveza cuando se la traen. Él sabe que el segundo comentario ha sido una pequeña deferencia para él. Nate no dice nada más y eso sí que es nuevo. Normalmente hablan mucho de todo, pero en el rostro de su amigo hay contrariedad o tal vez frustración. Desde donde están, ambos ven que Nico ya se besa con la chica alta y reluciente del pelo finísimo con la que está bailando. De la cascada perfecta de su pelo salen dos brazos lánguidos y delicados que se apoyan en los hombros de Nico y se extienden más allá de su cuello para caer como dos figuras de papel. Nate ha terminado su cerveza y se pide otra. Se la dan.

—Es la chica de Nico —dice, mirando la pista—. Tienen cerca de tres meses.

Él asiente. Hay algo en el tono de Nate que le indica un cambio de ánimo y no le resulta difícil imaginar que se trata de algo relacionado con Margaret que él no pudo detectar mientras se concentraba en Laura. Piensa que si él hubiera conocido a una chica como Margaret seguramente cualquier cosa que ella hiciera tendría consecuencias tremendas sobre su vida: planetas estrellándose, cometas sacudiéndose en polvo estelar, satélites orbitando uno sobre otro. Estaría enamorado de una chica así, o al menos estaría hechizado. No se anima a decirle nada a su compañero sobre lo que piensa, pero ahora ven lo mismo: más allá de Nico se puede distinguir la mirada algo empañada de Todd que mira hacia un sitio vacío mientras baila con una chica que mueve los brazos de manera preciosa y mira el piso. Nate sigue sin decir nada, pero él no se siente incómodo con su silencio porque le ha parecido un gesto de amistad que haya regresado por él. Y allí estaban los dos, sin pareja, ante la vista de los otros que bailan. ¿Tendría sentido seguir allí? Cuando su cerveza se acabe se pedirá un vaso con agua porque está empezando a calibrar la resaca del día siguiente. Ha considerado decirle a su amigo que quizás ya era hora de irse a casa y solo está esperando el mejor momento, pero no lo encuentra porque Nate parece concentrado en algo muy lejano y a la vez absorbente y luego ha volteado con determinación hacia la barra para pedirse una tercera cerveza y le pregunta si no quiere tomarse otra. Sería descortés negarse. Pero en seguida Nate le dice que le falta aire, que quisiera salir de ahí, y le pregunta si no le gustaría ir un rato por la colina.

—¿La colina?

—Claro —dice Nate—. ¿Sabes qué es?

Él lo sabe perfectamente. En el departamento de Español todos hablan de la colina que se levanta más allá del restaurante The Sink, famoso por Robert Redford. Pubs, bares y cafés se extendían como en un pequeño pueblo suizo, o como él imaginaba que sería un pequeño pueblo suizo, sobre la parte alta del condado, que correspondía precisamente al lugar donde estaba instalado el campus. Las casas se desplazaban ladera arriba hasta llegar a aquella parte intransitable que daba inicio a las inmensas montañas de rocas y pinos que se veían siempre allá en lo alto y daban a ese lugar donde acababa la planicie su carácter especial. Los estudiantes de español lo nombraban en inglés, *The Hill,* y se decían entre ellos que los fines de semana toda esa zona era arrasada por la locura reprimida de los estudiantes de pregrado.

—Sí, lo sé.

—Y entonces, ¿te animas?

Nate lo mira a los ojos. Él vacila solo por un momento. Después no.

—Claro que sí —responde.

—Genial. Seguro Todd y Nico querrán ir, pero déjame coordinar con ellos si quieren hacerlo exactamente ahora.

Nate se aleja y él lo ve irse. La colina. Piensa en un tema de Bruce Springsteen que le gusta mucho (dice algo así como: «Esta noche estaré en esa colina *con todo lo que tengo* porque no puedo parar») y se ríe. Se ha dado la vuelta por un momento y ha puesto su brazo derecho sobre la barra y depositado su rostro contra él como si tuviera sueño, cuando siente en su espalda un toque delicado, como el de un cliente llamando a la puerta o a la ventana de un establecimiento cerrado en medio de la noche para pedir atención. Al erguirse y voltear imaginando a Nate se topa de golpe con la chica de ojos grandes y oscuros a la que saludó a lo lejos en el bar anterior y que lleva una clase semanal con él en el departamento. Es ella, sí, y está delante de él, sonriéndole. Están tan cerca que le parece que se ve más pequeña de pie frente a él y también mucho más delicada o frágil de lo que parecía del otro lado de la mesa en el salón rosado de las clases. Los dos se están riendo ahora como si volvieran a conectar de ese modo, y ella le dice que quería avisarle que se estaba yendo con sus amigas a otro sitio y quería pasarle la voz por si se animaba a caer por allí dentro de un rato.

—Se llama Trilogy —le dice ella, y recién en ese momento él es consciente de que le ha hablado todo el tiempo en castellano. A él le parece que su voz es nueva o que el idioma que habla acaba de nacer en ese momento en los labios de ella.

—Trilogy —repite él.

—Es un bar —dice ella, y él piensa por primera vez, y de manera algo estúpida, en su acento: no parece de Sudamérica, pero le resulta tan impreciso como encantador—. Solo por si te animas.

El chico de la barra le pregunta si quiere servirse algo y ella le dice que no y luego añade algo que lo hace reír y que él no entiende porque su presencia súbita lo ha distraído y porque habla, además, a una velocidad sorprendente. En todo caso, la situación le sirve para comprobar que el inglés de ella es nativo, o al menos no guarda ninguna diferencia con el que hablan Nate, Todd o Laura.

Desde el umbral del bar se escucha a dos chicas que gritan algo y cuando ella voltea a verlas él sabe que es a ella.

—Bueno, si te animas —le dice entonces, en perfecto español.

Él busca algo para retenerla, pero no tiene ningún recurso. Las chicas vuelven a llamarla y, desde donde está, ella les hace una señal de que ya va. Lo mira, le hace un gesto ligeramente coqueto y da un par de pasos hacia la salida. Luego se detiene.

—Ah, me olvidaba —le dice en voz más alta—. Me llamo Josefina.

Y luego de eso vuelve a reírse y se da la vuelta para reunirse con sus amigas. Él ve su figura menuda alejarse por el bar hacia la luz exterior como si fuera una promesa.

No se quedaron mucho más tiempo en el Old Chicago.

Nate llegó a decirle que había hablado con Todd y Nico y que sus compañeros se quedarían por allí un tiempo más, pero que de todas maneras tenían planes de ir a la colina así que podrían encontrarse allá más tarde. Ellos dos se podrían adelantar. Mientras dejaban el local y ganaban la calle sin despedirse de sus amigos, él recién empezaba a encajar lo que le acababa de suceder en la barra con la chica de ojos grandes. Le costaba asumirlo como real, pero se preguntó si el Trilogy quedaría en la colina.

El cielo nocturno de Colorado está completamente despejado. Ahora que acompasa su paso al de Nate por la calle Pearl rumbo a la parte en que la vía dejará de ser un paseo peatonal para volver a convertirse en una avenida, lo mira con atención. Casi siempre luce así, perfectamente azul o perfectamente negro, con todas sus estrellas nítidas, como si en esa parte del mundo fuesen nuevas o acabaran de hacerse en el lugar del universo que les toca ocupar. Cuando recién llegó a veces se quedaba parado en medio de las calles para mirar el cielo, porque este ejercía sobre él un efecto sedante, casi encantatorio, y un par de veces corrió el peligro de ser atropellado. No creía haber visto nunca o al menos no recordaba haber visto nunca un cielo igual. Ahora que su amigo camina en silencio, él lo vuelve a mirar así, oscuro y omnipotente, más allá de las altas montañas, y así lo seguirá viendo hasta que el paseo peatonal se encuentre con la avenida Broadway y ambos vayan al paradero que se despliega al otro lado de la pista. Los autos aún circulan por Broadway y Nate se detiene. Tiene la vista fija en algo opaco o inexistente delante de él, a diferencia de la mirada un poco extraviada de Todd. Del otro lado de la avenida y a unos metros a la derecha del cruce, él puede ver el paradero de cristales empañados por lluvias anteriores en el que se apostarán al lado de otros chicos a la espera de que, a lo lejos, desde la oscuridad, aparezca un bus que suba la colina y los lleve a la zona del campus.

—¿El Dash? —dice de pronto él, refiriéndose al bus alto y verde que suele recorrer a lo largo toda esa avenida—. ¿El Dash o el Hope?

Nate lo mira y parece volver de otro lugar.

—Cualquiera —responde.

El primer bus en llegar es el Hope, el pequeño colectivo que da vueltas al campus y al resto del pueblo o ciudad durante todo el día como si fuera un medio de transporte interno dentro de un enorme parque de diversiones o una reserva natural. Llega cargado de estudiantes que gritan como si hubieran salido de un concierto y los dos se suben y atraviesan el pasillo en busca de asientos vacíos. Encuentran dos en una esquina del fondo y se sientan pegados a la ventana.

—Nos bajamos más allá del Buchanan's —dice Nate, y pega la cabeza a la ventana.

Él asiente. Viéndolo así, bajo la luz helada del Hope, comprende que su compañero no calza en absoluto con la imagen que proyectan los demás estudiantes de la universidad. Es algo mayor que ellos, es cierto. Y además está ensimismado. No tendría sentido intentar conversar entre todos esos gritos, así que mira por la ventana el movimiento de las casas y oficinas de la avenida Broadway, que une el Centro con la colina. Mientras avanzan recuerda que el Buchanan's es precisamente el café en el cual Nate y él se reunieron por primera vez antes de que se hicieran cómplices y empezaran a encontrarse en el Centro. Había pasado poco tiempo y a la vez mucho desde aquellas primeras veces. Se habían escrito varios correos luego de que él aceptara el anuncio de ese estudiante norteamericano que escribía para ofrecer un intercambio de español por inglés y fue en ese café, ubicado del otro lado de los edificios principales del campus y antes de que empezara la parte salvaje de la colina, donde se conocieron. Al principio, Nate y él se reunían algunas mañanas los días de semana y a esas reuniones, a las que él llegaba minutos antes para encontrar un sitio exterior que diera a la avenida Broadway, Nate llegaba siempre con el aspecto de quien aún no termina de sacarse de la piel algo recién vivido la noche anterior. Eran noches como esta, piensa ahora. Lo cierto es que al día siguiente era a él a quien le tocaba la tarea de reconocerlo, porque Nate era miope y se resistía a usar anteojos: pensaba que su problema se reducía a un asunto de energía y que sus ojos se recuperarían solos si mantenía un tipo de alimentación alternativa y cultivaba la libertad de su espíritu. De manera que aprendió a identificarlo a la distancia por su delgadez, el pelo negro desordenado, la barba de tres o cuatro días, los gestos extraviados de un pájaro ciego que acaba de romper el cascarón. Nate llegaba a su mesa con su propia botella de agua y también con sus dátiles y frutos secos que distribuía sobre la mesa y que picaba de a pocos, sin ordenar nada al mozo del café. A diferencia de Todd y sobre todo de Nico, tenía una belleza que no iba rodeada de conciencia propia y por ello desprendía un aura de extrañeza. La miopía, piensa él mientras ve su reflejo en la luna del bus, era también un mecanismo de defensa. Cuando caminaban juntos por el campus su amigo nunca notaba las miradas de las chicas sobre él, en las que se mezclaban el estupor y la admiración. Sus movimientos carecían de ese control mínimo de quien se ha observado un poco a sí mismo y se imagina rodeado de otras personas y miradas. Lo descubrió en la mesa de préstamos de la biblioteca de la universidad, donde Nate trabajaba. Aquella vez, lo recordaba ahora, él lo saludó luego de poner sus libros en el mostrador y le preguntó a Nate cómo le había ido el fin de semana. Nate le dijo que acababa de participar de la maratón de Denver (en verdad había corrido la media maratón sin usar anteojos) y al contarle su aventura, indiferente a las sonrisas algo condescendientes de sus compañeros de trabajo y a la impaciencia de quienes estaban en la cola cargando sus libros para sacarlos del edificio, se puso a trotar sobre su sitio desde el otro lado del mostrador imitando las caras y las voces de las personas que corrieron a su lado. Ahora estaba quieto y algo apagado, pero era la primera vez que lo veía así. Cuando hablaba de su recorrido por los pueblos de Rusia, de los pasajes que le gustaban de las novelas de Turguéniev o contaba un cuento entero de Antón Chéjov sin importarle que él lo hubiera leído o no, mientras caminaban por las calles cercanas a los lugares en que se reunían, hacía exactamente lo mismo: gesticulaba o movía los brazos presa de una pasión incontrolable y de un sentido inalterable de la libertad. Quería ser un alma libre, decía de sí mismo, pero él pensaba en esas ocasiones, con un dejo de tristeza, que no era otra cosa que un tipo raro. Y era justo por esa condición que ambos estaban esta noche a bordo del Hope, que ya empezaba a ir cuesta arriba sobre la pendiente más pronunciada de la colina.

Por fin logra distinguir las primeras formas reconocibles de la zona contigua al campus, en el cruce de Broadway con la avenida University, y le avisa a su amigo que están por llegar al paradero. La mayoría de chicos se acercan a la puerta de salida del bus porque, como ellos, van al *Hill*, y por eso son los últimos en bajar. El bus se detiene y los pasajeros salen disparados a la colina en diferentes direcciones, emitiendo bufidos y agitando camisas como si fueran una estampida. Nate y él repechan la avenida Broadway rumbo al café Buchanan's a otra velocidad. Nate le ha preguntado de pronto si alguna vez ha estado en la colina de noche y él le dice que no: esta será su primera vez. Nate sonríe después de mucho tiempo, aunque nota que hay algo diferente que lo fuerza a hacerlo. «Es loco», le dice, esa expresión tan común entre la gente de este país y que se usa tan poco en el suyo. Nate le dice que siguiendo por la avenida llegarán al sitio al que van y él aprovecha para preguntarle si puede comer algo. La sopa de berros que preparó estuvo deliciosa, pero siente un poco de hambre. Su compañero hace un gesto ligeramente divertido y ambos se detienen en un pequeño restaurante que está de paso y ofrece sánguches orientales. Él elige uno de salmón que no le gusta demasiado. Comiendo el sándwich de pie, parados uno frente al otro y rodeados de silencio, él le hace un par de preguntas superficiales a Nate y este le responde con algo más que monosílabos. Entonces empieza a sentir que lo tiene de vuelta.

El sitio al que van está muy cerca de ahí. Es un inmueble que ha visto decenas de veces durante el día, pero en el que jamás había reparado. Está en Broadway y es una casa inmensa que se veía dormida en las horas de clase, pero que ahora vibra en una suerte de frenesí adolescente. Los dos ingresan por una entrada estrecha, no hay seguridad exterior o al menos él no la ha notado. Siguen por una larga escalera cerrada que los conduce a una de esas casonas coloniales convertidas en bares o discotecas con onda. La escalera termina en un piso alto que se abre a una planta inmensa en la que una serie de ambientes diferenciados —salas, comedores, jardines,

patios— se ofrecen como bares, cantinas o sitios de estar
ocupados por una muchedumbre que se apiña, ríe, habla,
grita y reta; varios celebran la vida agarrados a vasitos de
tequila y otros aprovechan para tocarse o simplemente
flirtean y se besan o amagan con bailar en los pocos
espacios libres que quedan. Avanzar entre tanta gente
es difícil y él trata de no perder a su compañero entre
la aglomeración y el desorden de las luces. Nate avanza
entornando los ojos como si estuviera en busca de algo
o de alguien y él lo sigue a la vez que siente que entra a
un territorio liberado, una especie de jungla compuesta
por chicas voluptuosas con trajes ceñidos y sandalias
con plataforma, y chicos con camisas que delinean sus
torsos deportivos y jeans sueltos. Hay también gorras de
costado, peinados afro, camisetas que pretenden desali-
ño, maquillajes perfectamente ejecutados y una paleta
variada de *looks*. Mientras los examina reconoce que una
parte suya anhela encontrarse el perfil de Josefina, así se
llamaba, y se pregunta si esta no será la discoteca de la que
ella le habló: Trilogy. Pronuncia la palabra suavemente
como si se tratara de una golosina, aliviado de no haberla
perdido en su memoria. Trilogy. Eso es lo que sabe y no
lo ha olvidado.

Ha perdido de vista a su compañero y se aturde,
camina hacia lo que debería seguir siendo su sendero
y piensa si continuar por su cuenta la búsqueda de él o
de ella cuando decide quedarse recostado al lado de la
columna de un umbral que conecta uno de los espacios
abiertos con otro y, desde allí, ve a su amigo acercarse
hacia él con dos cervezas en la mano. Nate abre los ojos
cuando lo reconoce porque él levanta el brazo y luego
le da una; después lo lleva a un ambiente que conduce
a una escalera exterior en la que él ve a algunos chicos
conversando, dos llevan polerones con distintivos de la
universidad: las dos letras que la definen y la figura de un

búfalo saltando por los aires. Al final, la escalera que trepa por el lado exterior de una pared lateral desemboca en el techo, una plataforma en la que se distribuye una serie de mesas descubiertas debido a la imposibilidad de lluvia o de cualquier otro fenómeno atmosférico semejante sobre el cielo impecable de Colorado. Nate le está diciendo que este es su lugar favorito de todo el local mientras los dos caminan buscando una mesa libre. Todo le parece menos denso aquí arriba. Encuentran una mesa vacía que está precisamente pegada al muro pequeño que señala el borde del techo y da a la avenida Broadway; se sientan en ella. Hace frío, él lo sabe, pero ya no lo siente tanto. Una vez allí comprueba que la comida ha despejado su mente y el aire seco de las montañas también. Sobre sus cabezas, como si fuera el correlato de esas mesas de madera redondas y blancas, se puede mirar la distribución caprichosa de las estrellas en la vastedad del cielo que se extiende por el territorio americano.

Nate se prepara un cigarrillo artesanal mientras él tantea la cajetilla que tiene en uno de sus bolsillos y, como siempre, a ciegas, extrae uno de él. Lo prende y le da una calada lenta que lo relaja luego de haber atravesado toda la tensión de los pisos inferiores. Algo lo inquieta y en esa inquietud se agazapa la promesa de la figura de Josefina, pero a la vez siente la presencia de un nuevo tipo de miedo o de eso que se convertiría en vértigo si sigue pensando en ella, la amenaza de lo que está vivo y puede herir, y entonces, para sentirse lejos de todo lo que pudiera pasar esta noche, se dice que en realidad las cosas no han dejado de estar lejos de él y esa distancia lo tranquiliza. Un principio de realidad. Eso es. Nate fuma su cigarro y extiende las piernas. Cierra los ojos. Parece haberse ido a un lugar lejano. Luego de algunos segundos, a él le parece difícil no hablar en estas condiciones, así que se anima a preguntarle a su compañero por Todd y también por Nico, desde cuándo los conoce y bajo qué circunstancias, y nota que del otro lado de la mesa Nate parece sentirse aliviado de que él haya planteado un tema como ese, totalmente abordable: sus gestos se relajan, sus labios se destensan y mientras habla con una serenidad laboriosa porque quiere hacerse entender, él agradece que su inglés sea uno de los más transparentes que ha escuchado en todo el tiempo que lleva aquí. Nate está diciendo que Nico es un chico bueno y a la vez especial, pero con todo eso algo más estándar que Todd, o al menos se podría decir que está dispuesto a seguir un camino más estándar hacia lo que este país prescribe como realización o éxito y sin embargo terminar siendo infeliz por ello, porque Nico aún no se ha enterado de lo especial que es. Nico quiere comerse Estados Unidos, por ejemplo. Hacerse de él. Es un norteamericano reciente, de segunda generación, con cierta conexión con el país de sus padres porque es de una zona de Arizona, cerca de Nuevo México, donde todavía se respira algo de la tradición latina, pero es solo eso, una cierta conexión. Nico, dice Nate, habla ese inglés casi nativo porque llegó muy temprano a este país y se educó aquí y adquirió pronto la nacionalidad. Sus planes están en California e implican una chica hermosa y unos niños lindos, pero ya las mismas chicas hermosas no terminan de satisfacerlo, ni siquiera Marianne. Todd es distinto. Es más específico, dice Nate. Hasta opuesto. Su familia lleva años de esfuerzo en la llanura de este país. Sus abuelos son de Nebraska, pero sus padres se mudaron hacia el norte, en Minneapolis, aunque los planes de él están fuera de este país y a la vez parecen invertidos. Para Todd, el norte es Sudamérica y su lazo con esa parte del mundo tiene algo más profundo y más personal que el mandato. Todd cree que la parte sur de América Latina contiene el futuro o una forma del futuro para todos.

—De cierta forma lo envidio —dice Nate y esta vez exhala el humo por las ventanas de su nariz—: Quién no quisiera irse al sur. Dejar este país de locos.

Él mira a su interlocutor y no sabe muy bien qué decir porque no lo entiende completamente. ¿Irse al sur? Nate se ha quejado de su país algunas veces cuando se han juntado a conversar, pero esta vez tiene otro énfasis y a él le cuesta sintonizar con él o quizás le da miedo enterarse de cosas más oscuras de este país cuya historia no conoce, así que solo atina a preguntar cómo así Nico y Todd se conocieron. Nate le da un primer sorbo a su cerveza y se lo explica.

Cada año o cada dos, Nico viaja a Colombia para visitar a su familia en Medellín y aprovecha el viaje para pasarlo bien. Las colombianas lo vuelven loco y él tiene éxito con ellas. Le encanta. Va siempre y vuelve lleno de historias. En uno de esos viajes se fue junto a un grupo de amigos y primos a Cartagena de Indias y allí conoció a Todd, que se había ido como parte de un largo y mítico viaje que realizó por toda Sudamérica cuya base de operaciones era Chile, donde vivió un tiempo como profesor de inglés y mejoró mucho su español. De hecho, ese viaje fue el más importante de su vida. Todd, dice Nate, llevó clases de español en su escuela secundaria en Minneapolis, pero tuvo una profesora chilena que lo marcó mucho. Cuando salió de la escuela, sus padres le pagaron la carrera de periodismo y, al acabarla, decidió que quería conocer el país de su profesora, de modo que trabajó un tiempo, juntó dinero, un par de recomendaciones, y se fue con un castellano parecido al que tiene él, Nate, ahora. Desde ese momento, dice, Todd se las ha bandeado solo. Cuando acabe sus estudios de relaciones internacionales piensa trabajar en el restaurante en que estuvieron hoy hasta ahorrar lo suficiente para regresar a Sudamérica con la idea de convertirse en un tipo del que habla siempre, un periodista que es corresponsal de varios medios del país, un escritor que vivió años en Cuba y publicó una biografía sobre el Che Guevara que Todd adora. Todd quiere hacer lo mismo: ser el especialista de América Latina para diferentes medios y escribir libros sobre personajes impresionantes de esa región del mundo viviendo en Colombia.

—¿Colombia? —dice él, y su tono es de sorpresa. Mientras lo ha dicho ha recordado las noticias que ha visto de ese país y que le recuerdan al suyo: cuerpos muertos y ensangrentados en las calles, apenas cubiertos con papeles de periódico; bombas que destrozan espacios públicos; sangre y violencia; narcotráfico y carteles de la droga; trata de menores de edad. ¿Cómo alguien quisiera vivir en un país así?

—¿Has estado alguna vez ahí? —pregunta Nate.

—No —dice él. Y luego de eso añade—: En verdad no conozco otro país que no sea el país del que vengo.

Siempre le cuesta decir «mi país».

—Ese país y ahora este país —agrega.

Y como Nate no dice nada, rápidamente se vuelve a corregir:

—Aunque de este país solo conozco este sitio y este Estado.

Y entonces se siente muy pequeño.

—Has llegado recién —le dice Nate, mientras él recuerda el tamaño gigantesco del aeropuerto de Los Ángeles en el que hizo escala al llegar con el miedo y el desconcierto de una alimaña que acaba de huir de algo oscuro y hondo. Y luego ese techo blanco y caprichoso como el de un animal alado en el pequeño aeropuerto de Denver. Y después la extensa planicie que atravesó con el bus bajo un sol calcinante mientras, a lo lejos, miraba por primera vez algo azul que parecía el espinazo del mundo y que resultó ser la cadena de montañas al lado de la cual estaban pegados ahora—. Este es tu primer trimestre.

—Es verdad —dice él.

Nate lo mira y esboza una media sonrisa que a él le parece que tiene un dejo de compasión. No sale de su sorpresa. Es su primera noche con gente de este país y algunos de estos chicos solo quieren ir a la tierra que él dejó atrás.

—¿Y por qué Colombia? —pregunta él.

—Todd dice que es el país más apasionante de la región por todo lo que está pasando —dice Nate.

—Ajá —dice él, porque no sabe qué otra cosa podría decir.

—Yo creo que es por *Alma*.

Nate dijo la palabra así, en español.

—¿Alma?

—Una prima de Nico —dice Nate—. Todd la conoció en el mismo viaje a Cartagena en que conoció a Nico y en el que Nico le habló de esta universidad en Colorado.

Nate se ríe de una manera irónica y después mueve ligeramente la cabeza antes de mirar el cielo con sus ojos miopes.

—Creo que es por Alma que Todd quiere irse a vivir a Colombia, aunque él lo niegue —le dice—. En Cartagena de Indias, Todd vivió su novela de amor «en la era de la cólera».

Él está por empezar a reír ante el cambio que ha hecho Nate del título de la novela al intentar decirla en español, pero Nate lo interrumpe:

—Ocurre en Cartagena esa historia, ¿verdad?

—Así es —certifica él, que conoce bien los gustos literarios de su amigo—. También *Del amor y otros demonios*.

—Ahora entiendo a Todd —le dice Nate, mientras se ríe con cierta sombra de pena por su amigo. Luego de eso intenta repetir el título que acaba de escuchar en español y, al hacerlo, se anima a decirle a él en español con tono misterioso—: *Alma era los demonios*.

Se quedan en silencio.

—O el cólera —vuelve al inglés—. La enfermedad total.

Ahora se ríen los dos y él le pide a Nate que le cuente quién es Alma y qué le pasó a Todd. Nate mueve la cabeza como si le doliese lo que le va a contar o como si la historia de amores contrariados que se aproxima le hubiera sucedido a él también, y entonces él se va a imaginar a una mujer con algunos de los rasgos más seductores de Nico, solo que proyectada contra la sombra nocturna de esa ciudad que solo ha visto en postales y revistas. Todd le ha contado en diferentes ocasiones parte de la experiencia que vivió durante esas dos semanas en Cartagena de Indias y que a partir de ella es que a él, a Nate, le encantaría irse al sur a vivir algo así, aunque sabe que se podría incendiar allí como le ocurrió a Todd. Él sabe que Nate ama a García Márquez, así que se imagina que algo de tributo hay en la narración de su amigo, algo que Nate ha ido fraguando pese a que su relato empiece con otra alusión, ya que Todd había llegado a esa ciudad como uno de esos norteamericanos errantes de las novelas de Paul Bowles o como lo que Graham Greene llamaba un «americano impasible»: estaba totalmente solo, armado solo de su valioso pasaporte azul, su diccionario y sus libros de viajes y novelas sobre el sur. El día de su llegada, Todd se hospedó en un lugar emplazado dentro de la parte amurallada de la ciudad colonial, le cuenta Nate. Podría estar viéndolo. Todd entra a Cartagena a mediodía y recorre la parte histórica de la ciudad en la tarde temprana bajo un sol calcinante, se deja seducir por los colores intensos de esas casas coloniales de balcones de madera y exóticas plantas colgantes, y también por los carruajes que desplazan a los pocos turistas que desafían el sopor de la canícula. Todd se queda detenido ante el portento de muros y cañones de la fortaleza que había servido a la ciudad para defenderse de los piratas británicos mientras en los barrios interiores se agitaba el comercio de esclavos llegados del África para ser distribuidos por otras partes de la América del sur. Fue durante la noche, luego de dormir la tarde ensopado en sudor, que Todd empieza a recalar en restaurantes, bares y barcitos en los que comió y bebió completamente solo hasta terminar en uno muy cerca de un monumento famoso donde se bailaba vallenato y cumbia y se bebía ron y cerveza. Fue allí, escuchando la música y siguiendo el movimiento imposible de los bailarines, pleno de ciudad, inmerso en su transpiración, que Todd vio a Alma: su pelo frondoso y desordenado, el brillo ocasional de sus dientes bajo el grueso de sus labios, sus brazos evolucionando en el aire bajo una energía extraña que parecía acompasarlos a la amplitud de sus caderas. Todd la miró fijamente como si la convocara a través de un callado sortilegio y de pronto los ojos de lince de ella respondieron al llamado de los de él y se depositaron en toda su palidez azul y extranjera. A partir de ese momento todo resultó irreversible. Nate parecía estar hablando de algo que le pasó a él, siempre se emociona así cuando cuenta historias que ha leído o que le han contado. E insistió en que fue así, en un solo segundo. Como un desastre natural, como un tsunami o un eclipse. No, mejor una tormenta de arena que tapara de súbito la luz del sol. De modo que en el momento en que ella lo vio y supuestamente quedó encadenada a él, lo que de veras estaba ocurriendo era que él, Todd, se estaba quedando suspendido de algo que no ha terminado. Hasta el día de hoy.

Nate le da una calada a su cigarrillo. Él al suyo. Lo único cierto esa noche, piensa Nate, es que Todd se quedó prendado de una chica que apenas había alcanzado los dieciocho años y que había salido a bailar con desenfreno bajo la mirada de sus primos. El puente entre ambos fue Nico, le explica Nate. Nico deseaba emplear su inglés casi nativo con alguien de su edad y de su mismo país. Así fue como se conocieron. Y se cayeron bien. Esa noche Todd cruzó el umbral, se internó en la pista de baile y Alma le mostró cómo bailar esa música que ahora Todd adora y que le trae un recuerdo de piel y anhelo.

—Lo que viene —dice Nate— es lo que Todd no puede superar.

Él lo escucha, completamente inmerso en el calor del trópico colombiano. Esa misma noche, cuenta Nate, sobrepasados de ron y de baile y de sudor, Todd y Alma no se separaron y Nico y los demás los dejaron solos luego de hacer planes para el día siguiente. Todd se recuerda hablando con ella en un inglés que desnudaba el acento irresistible de ella y ambos se reían de la manera en que él intentaba sorprenderla hablando español. Entre los dos vieron despertar a la ciudad, sucumbir a los comerciantes que se habían quedado en la calle toda la noche, errar por la plaza central a las prostitutas soñolientas, y así, insomnes, entre las columnas que daban a una plaza pequeña y empedrada, Todd le dijo para que fuera con él a su habitación, y luego de titubear un poco ella aceptó y ambos llegaron para quedarse dormidos allí y solo despertar después en horas imposibles de definir, luchando contra la sed y el deseo que despierta la resaca, y fue así como Todd descubrió la entrega silvestre de una hembra sin lenguaje ni articulación ni ataduras ni moral distinguible que solo desmentía su edad, concentraba todos los principios de la complacencia y el sometimiento y el dominio solo para pulverizarlos, y lo hacía sin dejar de cubrir su cuerpo con todo su cuerpo ni retirar nunca los labios de sus labios. Todd apenas podía creerlo. Sintió y descubrió un resplandor nuevo debajo de su piel, sintió y descubrió cómo zonas profundas de su cuerpo despertaban por las manos y la boca y la lengua de ella, y ambos terminaron confundidos en un solo charco de sudor que se cocía bajo un fuego inestable en un tiempo sin horas y en un espacio sin puntos cardinales donde confluían encierro y libertad, y en que cada uno respiraba en el otro enfrascados en un olor único, intenso, como el que expele un animal en celo, lunar, adictivo y deslumbrante.

La ciudad era un paréntesis de esa conjunción. Y a partir de ese primer acoplamiento, Todd perdió la noción del tiempo. Solo supo que el tiempo existía y avanzaba, y avanzaba también la alternancia del día y de la noche, porque Alma le anunció que ya había llegado el momento de volver. Todd había perdido cerca de tres kilos y estaba dispuesto a perder varios más, de manera que la siguió a Medellín y la asedió casi dos semanas más, pero nada fue igual a Cartagena. De Medellín recuerda la visión de las montañas que suele ver proyectadas sobre las que tienen ante ellos en Colorado. En la ciudad donde nació, Alma volvió a ser la hija de sus padres y la chica de dieciocho años que debe mentir para ver al hombre que desea. Él la esperó con impaciencia en su hotel para volver a estar juntos las pocas y desesperadas veces que se vieron hasta que el tiempo de él también terminó, y también la espera, y una tenue noción de realidad lo forzó a viajar en bus a Bogotá para regresar a Chile en avión, ya perdidos los boletos y reservas que tenía para Panamá y Costa Rica. Estaba completamente tomado por ella o por los recuerdos de ella: el olor brutal de su entrepierna, las formas de sus nalgas inmensas bajo la apertura ansiosa de sus manos, el sendero de luz de su semen plateado relumbrando sobre su piel morena.

—A veces pienso que Todd se hizo amigo de Nico solo para conservar algo de Alma —dice Nate.

—Tiene sentido —responde él.

—Ellos lo dicen de una forma: *parceros*.

—Así se dicen, sí —confirma él—. Muchos de ellos llegaron a mi país por la violencia del suyo.

—Ah, pobre Todd —dice Nate.

Él le da un largo trago a su cerveza mientras el otro le intenta explicar por qué Todd no puede olvidar a la chica de Colombia.

—Yo creo que su problema es que la pasión de esas tres semanas se volvió ideal en su cabeza —dice Nate—. Ya sabes, la sexualidad de una chica libre cuando acabas de conocerla, el propio encanto de vivir algo tan íntimo en un lugar lejano. Todo eso contribuye a algo único, difícil de superar. Probablemente ninguna mujer, así sea más valiosa que Alma, pueda acercarse a ese recuerdo idílico de tres semanas de pasión que Todd ha construido en Cartagena. El deseo es anhelo siempre presente y es furioso cuando está hecho de pasado. El poder presente de Alma es que siempre será solo esas tres semanas que Todd mejorará con cada evocación. Lo demás de ella, lo que la igualaría a otras chicas, permanecerá entre las sombras.

Él asiente porque las palabras de Nate contienen una sabiduría que proviene de una experiencia que él no tiene: una sucesión envidiable de relaciones, amores, parejas.

—Cuando los conocí ya eran los favoritos de las chicas —cuenta Nate—. Y me parece que juntos en la noche causan un impacto mayor que si salieran solos, ¿no te parece? Todd y Nico. Quizás sea por el contraste. Todd ha estado con dos chicas desde que lo conozco, Suzanne y Lena, y ha creído enamorarse de una de ellas, pero al final algo lo termina desengañando, algo se diluye o se corta o se apaga, y ya no tiene la voluntad para esforzarse en mantener el fuego inicial. Cuando eso pasa aparece con más intensidad el fantasma de Alma.

—Entiendo —dice él.

—Lo de Nico es diferente. Le es inevitable conquistar chicas porque su éxito es abrumador, pero en el fondo de sus salidas hay algo que parece no querer detenerse nunca y que es triste porque es insaciable. Él en el fondo lo sospecha. La chica con la que está ahora, Marianne, es la chica que él cree que quiere y la verdad es preciosa...

—Lo es —dice él, recordando la cascada dorada de ella bajo el haz de luz.

—No sé cuánto tiempo duren.

Nate exhala un suspiro y mira hacia la calle Broadway sin poder verla del todo. Le da un sorbo a su cerveza y la pone sobre la mesa, casi vacía.

—El amor es a fin de cuentas una herida —dice de pronto—. Sobre todo cuando se recibe así, cuando se vive así, cuando la experiencia se corta de golpe o es mutilada o no se puede realizar completamente. Uno no se la puede sacar de la cabeza.

Nate parece estar hablando para él, pero también para sí. Él lo mira y vuelve a sentir que sobre la mesa se cierne la amenaza del silencio que cayó sobre ambos al salir del Old Chicago. Vuelve a sentir de vuelta el aire seco y frío de la noche despejada de Colorado. El momento presente.

—¿Y las chicas?

Lo acaba de decir y no sabe muy bien por qué.

—¿Las chicas? —pregunta Nate.

—Sí. Las de hoy —dice él, y luego de una pausa se atreve—: Laura y Margaret. ¿Qué pasó con ellas? ¿Por qué se fueron así?

Nate lo mira. Sus ojos verdes esmeralda refulgen tocados por las luces de neón de los postes del exterior.

—El amor es siempre una herida, mi amigo —repite Nate, y luego de eso baja los ojos hacia la mesa y mueve con derrota su vaso de cerveza. Él mira el suyo, casi vacío también.

—No tienes que contarme nada si no te provoca —dice él.

Nate no responde. No inmediatamente. Luego de eso se toma el último sorbo de su vaso y le dice que va a bajar a comprar dos cervezas más porque en este local nadie sube al techo a hacer los pedidos. Ese es su único problema.

Él le dice que está bien. Y baja los ojos en dirección a la mesa.

—Es Margaret —le escucha decir a Nate—. Es difícil de explicar.

Cuando levanta la vista mira que Nate se ha puesto de pie para dirigirse hacia la escalera exterior. Lleva los dos vasos en la mano.

—Todd al menos está enamorado de un fantasma —le dice, desde donde está—. Yo no sé bien si el mío es uno o no lo es, y tampoco sé de qué está hecho o qué hay en su interior.

Y luego de eso se da la media vuelta.

Sabe ya que algo de lo que pasó a sus espaldas podría explicar lo que vive esta noche. Vuelve a ver a Nate y a Margaret en el Old Chicago. Le parece natural, pensándolo bien, que alguien como Nate —o como cualquiera— se enamore de ella y se sienta desorientado después. Y al pensarlo le parece leer de otra manera la solicitud de Laura para que la acompañe a fumar un cigarrillo. Se imagina que lo que hablaron y las veces que salieron a fumar no fueron producto de ningún interés por él, sino la simple camaradería de una mujer que busca dejar sola a su amiga para ayudarle a resolver algo que tiene pendiente con el chico que le interesa. Porque esa noche, Margaret estuvo solo para Nate. Él era algo invisible y lo sabía; siempre lo había sido. Aquí, sin duda, pero también allá. En las noches de su vida lo suyo había sido mirar a los otros. Y ahora le parece verlos discutiendo en el bar, tensos y algo asustados. Observa la avenida y piensa en la chica de ojos grandes. ¿Fue verdad lo que pasó? Empieza a dudarlo. Recuerda que él estaba parado de espaldas en la barra y que ella le tocó la espalda. ¿Fue así? De pronto la escena le parece no solo improbable, sino fuera de contexto. Eran cosas que solo le pasaban a Todd o a Nico. La verdad es que la historia de los amigos de Nate lo ha sobrepasado. Por ellas mismas, por lo que dicen de él: lo poco que ha vivido y lo poco que conoce el mundo. Lo poco que es. Prende un cigarrillo con el anterior y al volver la vista al cielo se queda observando la puntuación intensa de las estrellas en el firmamento, puntos que son solo eso para él, pero que para quienes saben leer los astros son escorpiones, osos, cangrejos y peces, una inmensa fauna celeste que se pierde en la inmensidad de su mirada.

No sabe si ese ruido lejano que habita al fondo de sus oídos y su mente está ahora con él porque ahora hay movimiento y bulla a su alrededor. Está por hacer el esfuerzo de evitar un pensamiento doloroso cuando ve la figura de Nate aparecer con dos vasos grandes de cerveza y el semblante serio. Hay una determinación distinta en sus rasgos y eso le hace intuir algo nuevo en él, algo que lo anima a preguntarle a bocajarro, apenas Nate se sienta y le extiende los vasos en la mesa, si tiene algo con Margaret o no.

Nate lo escucha y se acomoda, exhala un suspiro y se pone a liar un cigarrillo de tabaco artesanal mientras él busca otro de los suyos en su chaqueta.

—Así es —le responde—. Tenemos algo, solo que no sé qué es.

Eso era, y él siente que algo pequeño le duele interiormente, pero tampoco lo puede identificar. No quiere saber detalles inmediatos de la relación así que le pide al otro que le cuente todo desde el inicio y Nate empieza mientras arma su cigarro.

Lo primero de lo que él se entera es algo que intuyó durante la conversación con Laura: Margaret y ella son amigas recientes. Nate conoce a Margaret de antes de que fuera amiga de Laura por algunas clases que compartieron en el departamento de Inglés, no muchas. Lo segundo es que Nate y Margaret son mucho más que amigos, pero a la vez no son nada en especial o, digámoslo así, nada definible. De hecho, se han acostado algunas pocas veces, pero siempre de una manera muy extraña. No se puede decir que tengan una relación, aunque sí un vínculo o *algo*, pero Nate no podría decir *qué*. Él se queda callado. En su interior puede identificar mejor eso pequeño e indefinible que vuelve a estar allí y cuya presencia le incomoda como un guijarro suelto dentro de una guitarra, algo que se golpea contra las paredes de su habitación mental y que, a estas alturas, resulta más complejo que la simple envidia ante la experiencia de ese chico menor que él que sin embargo tiene *algo*, algo íntimo y a la vez problemático con una mujer inalcanzable como Margaret. Todd, se dice. Nate. *Ellos.*

—Ella tiene novio —dice, con los ojos cerrados.

Eso sí que resulta completamente inesperado. Y le ha parecido que su amigo lo ha dicho con el tono de quien se lo está diciendo sobre todo a sí mismo.

—Él vive del otro lado del país —añade—. Y no sabe nada de lo que pasa aquí entre ella y yo.

Nate abre los ojos y lo mira y él asiente. Es todo lo que puede hacer mientras los dos se quedan en silencio. Y de una manera torpe empieza a entender que algo un poco más oscuro o doloroso se esconde detrás de esa confesión. Lo cierto es que Nate acaba de abrir una compuerta, acaso favorecida por el hecho de que él es extranjero, de que a diferencia de *ellos* ya pasó la barrera de los treinta y de que, finalmente, es alguien que se encuentra fuera de todo lo que le toca vivir a un norteamericano a mitad de los veinte. Nate abre mucho los ojos y se concentra en hablar en un inglés claro. Empieza a explicarle con cierto detenimiento la situación con Margaret y, mientras lo hace, él sospecha que quizás lo haya traído aquí para contarle esto.

Margaret y Nate se conocen desde el mes de junio del trimestre pasado, cuando él no había llegado aún a este país. Se vieron por primera vez en una clase de lingüística que funcionaba como electivo para ella, se toparon luego en el mostrador de la biblioteca donde Nate trabajaba y se volvieron a reconocer en algún bar del Centro o de la colina hasta una noche en que coincidieron en la reunión de un amigo de Todd —que no era Nico— y a la que ella llegó con unos compañeros de clase. Se juntaron porque se reconocieron y en cierto momento se quedaron hablando solos. Nate no entendió que estaban flirteando hasta que percibió que los ojos de ella no se apartaban de los suyos a una distancia que superaba sus limitaciones de vista. Hablaron de muchas cosas esa noche, hablaron de sus vocaciones y de ciertas clases y libros y, en cierto momento, avanzada ya la noche y los tragos, mientras él le hablaba de una novela o un libro de poemas que le encantaba sin darse cuenta completamente de que estaba desplegando todo el esplendor del que era capaz, ella lo besó con el impulso de una chica que acaba de descubrir que es capaz de amar en una ciudad nueva. Aquella vez se besaron sin que el beso pudiera desatar mucho más entre sus cuerpos, porque tras ese beso y otros similares ella lo abrazó con el cariño de una amiga y le dijo que tenía pareja. Luego le reveló dónde vivía y desde cuándo se conocían. Todo había ocurrido muy rápido. Nate pensaba ahora que había sido la tranquilidad que mostró aquella noche lo que empezó a desordenar la voluntad de Margaret, quien fue desarrollando unas ganas de verlo y de hablar con él sin que necesariamente pasara nada, pero sus diálogos e intercambios poco a poco se tornaron más urgentes: una necesidad de caminar por el campus a su lado mientras él desarrollaba su idea de la libertad de espíritu y le hablaba también de sus planes de escribir cuentos como Chéjov. Fue una de esas veces en que ella lo volvió a besar en los labios antes de despedirse y luego le escribió pidiéndole disculpas por el exabrupto y él le dijo que estaba bien, aunque secretamente esperaba otro contacto así. Por eso Nate pensaba que tenía parte de responsabilidad en todo; había aceptado esa dinámica de encuentros casuales, caminatas y cruces nocturnos. Pronto fue él quien la besaba furtivamente a ella e iba notando que se hacía evidente la tensión que crecía entre ambos como una enredadera poderosa y pertinaz, hasta la noche en que se detuvieron en una esquina de una calle oscura cercana a Canyon y, ya sea por soledad o impaciencia, los besos se volvieran intensos y una serie de aires huracanados los arrastró escaleras arriba hasta llegar al pequeño espacio en donde Nate dormía y escribía. Nate le cuenta que luego de la torpeza y el desorden del primer encuentro se pasaron buena parte de la noche mirándose a los ojos y entonces él se imagina la selva de la mirada de uno depositada sobre el mar de la mirada de la otra, a la vez que comprende que su amigo está realmente enamorado. A lo lejos, en algún punto de la oscuridad más allá de los árboles, le resulta imposible no imaginar esos dos cuerpos jóvenes y luminosos que se disuelven uno en el otro como la nieve helada que él no ha visto aún.

Nate le está diciendo con cierta pesadumbre y algo de espíritu trágico que *aquello* pasó algunas veces más, y él tiene que reprimir las ganas de reír. ¿Cómo en el mundo, tal como él lo conocía y mucho más ahora, dos jóvenes tan hermosos y a la vez equivalentes como ellos dos no se buscarían de nuevo entre las instalaciones de ese campus para volver a estar juntos y complacerse? ¿Y por qué volver a acostarse con ella, con Margaret, podría generarle malestar a alguien y ser algo triste? No lo entendía. Y, sin embargo, lo que venía después en el relato eran nubarrones y niebla. Lo primero es que al anhelo y al temblor que los había llevado a la habitación de Canyon le seguía siempre el recelo. Margaret se entregaba a los remordimientos cuando estaba sola y luego, desde cierto aturdimiento, se alejaba de él. Le costaba ordenar lo que sentía y cortaba lo que estaba gestándose entre ambos; él, entonces, lidiaba con la sensación del rechazo y trataba de recuperar su inclinación por la libertad y la curiosidad del mundo y sus ideas y sus planes de escritura, pero en su pensamiento recurría a ella, a su pelo desordenado sobre su propia cama, a sus muslos que apretaban con fuerza los dos lados de su rostro, a la agitación de su piel, a sus labios abiertos al aire concentrado de la madrugada.

—Este lugar es *mi Cartagena* —intenta bromear Nate—. Y yo no lo sabía.

—Así parece —responde él.

—Solo que ella no está a mi lado.

Así fue hasta la tarde en que ella le mandó un mensaje al Messenger porque andaba cerca de su casa, o eso le dijo; se le había ocurrido la idea un poco loca de verlo.

—Estaba perdido —dice Nate. Esa es la palabra que ha usado para definir su estado. Y como si no le bastara la repite, solo que en castellano—: *Perdido*.

Cuando ella llegó se abrazaron para desbarrancarse y a él le costó administrar la conmoción de su pecho. El trimestre estaba por terminar y él sabía que pronto les tocaría separarse. Margaret no volvió a nombrar a su pareja y él tampoco la convocó, pero estaba allí, sobre todo cuando ella se marchó sin decirle lo que en el fondo él estaba esperando que le dijera y no lo hizo. Sabía que a ella le tocaría volver a Texas y que allí se encontraría con su chico, un muchacho de su misma ciudad que estudiaba en una de esas universidades del este con nombre pomposo y con el que pasaría vacaciones de verano en Las Vegas, Dallas o el Caribe. Y al mencionar esos lugares, a él no le costó reconocer cierto tinte de bronca en sus palabras. Margaret se fue diciéndole que lo mejor era no verse en una despedida, porque no sabría cómo lidiar con ella, y él se fue durante ese verano a su ciudad para trabajar en empleos de medio tiempo y dar clases de ajedrez. Con todo, volvió a escribir. Lo hizo en Seattle y lo hizo cuando volvió aquí a las clases y a su trabajo en la biblioteca, y entonces se dijo que trataría de empezar de nuevo, y entre las acciones de ese renacer pidió un intercambio de horas de conversación con alguien del departamento de Español para mejorar su idioma e irse también al sur. Una tarde, Margaret se apareció ante el mostrador de la biblioteca para prestarse unos libros y Nate volvió a deslizarse ladera abajo. Se saludaron como dos viejos conocidos, aunque él vio que ella se llenaba de rubor y eso lo animó a decirle que estaba cerca de salir de su turno y que, si coincidían, podrían caminar un rato. No sabe por qué lo hizo. Lo cierto es que Margaret compuso un gesto nervioso, recogió sus libros y se fue; él asumió que no lo esperaría y se serenó tras lo inusitado del encuentro. Cuando se preparaba para salir, la vio detrás de los amplios cristales de la biblioteca Norlin, al lado del reloj solar del patio central. Y cuando ella lo vio y empezó a caminar junto a él, no tardaron en deslizarse por una comodidad tan espontánea que ella se vio obligada a confesarle que seguía con su novio. La línea invisible que podría delimitar sus cuerpos se tensó y se mantuvo firme por mucho tiempo, aunque Nate, por un automatismo que no se explica, estuvo más agudo que nunca y la hizo reír hasta lo imposible, y después de calmarse le dijo que podrían ser amigos, que eso es lo que habían sido antes. Sabe que falló. O ahora lo lamenta. Se vieron aquí y allá, encuentros sin roces ni besos, pero llenos de palabras e ingenio y humor compartidos, bajo una escenografía que era solo suya. Fue así hasta que una noche ella llamó a la puerta de su casa y, apenas él abrió, ella se volcó sobre él con la necesidad de un cuerpo que quiere terminar de caer sobre un pozo oscuro y profundo. Ese lugar era la habitación de Nate, que ella miró con una sonrisa de reconocimiento desde el umbral. Esa fue la última vez que estuvieron, o la última en que él la vio desnuda con sus ojos miopes que amplificaban sus pequeños lunares, sus estrías y pecas, y las marcas de su piel invisibles para los demás. El encuentro fue largo, duró cerca de tres días de plenitud y abandono, los dos allí, comiendo juntos y compartiendo horas y horas y haciendo el amor ante el silencio benévolo y cómplice de Todd y Sofía, hasta que a ella le tocó partir. Desde entonces no habían vuelto a estar juntos, aunque él lo esperaba. Solo se habían encontrado en espacios públicos como los de esta noche, y habían fingido llevar una relación de amigos, que es lo que siempre habían sido para los demás.

Nate le da una calada a su cigarrillo y él siente ansias y a la vez miedo por la posibilidad de una vida nueva en una noche diferente a todas sus otras noches en este lugar del norte. Le parece vislumbrar las luces de la calle Pearl hacia las que va la figura de Josefina como si fuera un destino, pero luego la imagen se desvanece y aparece la de su amigo exhalando humo. Las ideas no vienen con claridad a su mente, ni siquiera en su propia lengua. Nate abre los ojos y le dice que se siente atrapado en una encrucijada que depende de Margaret. La puede ver desnuda y asomada a la ventana de su habitación, entregada a la vista de la vasta extensión de las montañas con una sensación de serenidad y, por qué no, de totalidad. Pero luego ella lo había abandonado de la manera más abrupta y ahora parecía estar erizada ante cualquier posibilidad de tener algo que los vincule. Esta noche, Nate cree haber descubierto lo que finalmente ha querido siempre que ella le diga: que deshará la relación formal que mantiene a distancia para empezar algo nuevo con él.

—A veces me pregunto si el problema es la diferencia —dice de pronto Nate. Le ha dado otra pitada a su cigarrillo y hace un gesto contrariado que él no logra descifrar—. Solo se me ocurre que podría ser *eso*.

Al principio él no entiende. Solo le ha parecido percibir una cierta amargura del otro lado de la mesa.

—¿La diferencia? —pregunta.

Nate está iluminado por las luces lejanas de la avenida Broadway. Se le ocurre una, claro, pero no cree que sea exactamente eso de lo que habla su amigo, aunque el tono que ha empleado parece darle la razón.

—Sí, la diferencia —susurra Nate.

Hay un silencio, una pausa, una exhalación, unos puntos de luz en sus ojos cuando los cierra, y luego de eso Nate está tratando de explicarse con una serenidad laboriosa: Piensa que es bastante posible que le guste a Margaret; es más, en verdad es muy posible que incluso ella sienta algo por él más fuerte que una mera atracción o un gusto. Pero a la vez hay factores que le hacen difícil tomar una decisión por aquello que él, Nate, podría ofrecerle en este país. Él traga saliva y pregunta cuáles son esos factores y se dispone a escucharlos. Nate se los señala: Margaret era demasiado joven aún para lidiar completamente con el mandato de sus padres e ir en contra de decisiones que ella misma ha tomado años atrás e implican a su actual pareja. Ahora mismo ella tenía a un hombre completo en ausencia y a otro incompleto en presente, él, solo que en pedazos, y por eso le resultaba difícil quedarse con uno solo. El novio posiblemente representaba un sentido de seguridad que él entendía, una estabilidad, un camino aprobado; mientras que él era un espíritu que buscaba ser libre, un tipo sin otros planes que escribir cuentos y dedicarse a enseñar ajedrez. Y además estaba lo otro, dijo. El origen.

—Yo soy un chico promedio de Seattle —oye la voz de Nate, y ahora sí ha podido distinguir rabia.

—¿Y eso qué tiene que ver?

—Todo —dice su amigo, y se ríe, pero su risa es falsa—. O casi todo.

—No entiendo —confiesa él.

Nate le da una bocanada fuerte a lo que queda de su cigarrillo.

—Margaret es de una familia acomodada de San Antonio —dice.

Luego estrella lo poco que queda del cigarrillo contra un borde de la mesa y lo lanza hacia el aire de neón que ilumina desde lo alto la pista allá abajo.

Eso último tampoco lo entiende cabalmente, pero no se anima a decirlo. Mira a Nate llevarse la cerveza a la boca; la manzana de su garganta sube y baja al compás de los tragos. Él también siente sed.

—¿Sabes algo de Seattle? —le dice Nate.

Él le dice que sí, lo que casi todo el mundo sabe. El café Starbucks, por ejemplo. El *grunge*. Pearl Jam. Nirvana.

—Es eso —le dice Nate, como si la ciudad se resumiera en tres nombres propios—: El *grunge* antes de llegar a Los Ángeles. Eso. Mi padre es del mismo pueblo en que nació Cobain. Aberdeen.

Él recuerda la imagen de sus pocos compañeros privilegiados de la universidad, esos chicos de barrios de clase media o media baja que trataban de imitar el estilo de los músicos de la ciudad de Nate: jeans deshilachados, polos sucios, camisas de franela, chompas de saldos. Se puede imaginar garajes, casas solitarias, la falta de sol de una ciudad que tiene un cielo parecido al de la suya.

—San Antonio es la tierra de los ricos del petróleo —le está diciendo su amigo—. El petróleo, las grandes empresas de industrias cárnicas, las armas…

Él está por decir algo, pero en ese momento Nate se pone de pie impulsado por una fuerza difícil de definir. Levanta su vaso, lo vacía de un sorbo y le anuncia que se va a ir al baño un rato y que va a volver con un par de cervezas más. Él le dice que sí y cierra los ojos. La diferencia, se dice. La diferencia. Las luces están allí. Aparecen y se desplazan y él repite la palabra una y otra vez como en un juego de niños hasta que pierde significado. Cuando abre los ojos y los dirige a Broadway, ve algo que jamás ha visto en este país: uno de los altos focos pegados al campus a oscuras, muy cerca de las ramas de un árbol frondoso, emite una señal que parpadea. Se queda mirándola. No tiene ningún pensamiento preciso mientras ve esa luz que parece estar muriendo o en medio de una larga agonía. Es la primera vez que ve algo así en un mundo en el que todo parece funcionar sin errores, donde los buses llegan puntuales a los paraderos según un cronograma estricto e inviolable, y los transeúntes pueden cambiar el color de los semáforos si no hay autos cerca de ellos. Recuerda entonces los muchos y variados postes de electricidad de la ciudad de la que escapó, de la que no quisiera recordar mucho más: la manera en que se apagaban y prendían a medias, la forma en la que morían a la vista de los pocos niños que aceptaban jugar con él. Cierra los ojos y los puntos de luz vuelven y al lado de ellos ve a Margaret y a Nate, tensos y asustados. ¿De qué habían hablado esa noche? ¿Por qué ella dejó de una manera tan súbita el bar? ¿Era por la diferencia? Piensa en la chica de ojos grandes. ¿Le gustaría él a ella? Le resulta difícil imaginarlo, pero fantasea con el mundo que podría abrirse para él. Nate se está demorando más de lo que le tomaría llegar con las cervezas y es posible que, con o sin intención, esté buscando a Margaret entre la multitud de los pisos inferiores. Vuelve a mirar el poste que parpadea y espera que esa señal se extinga. Por un instante teme que una de las luces que ha aparecido hace un rato en su mente se desprenda del foco allá a lo lejos. Estoy loco, se dice, y sonríe. Está en eso cuando ve aparecer a su amigo con las manos en el saco. No ha comprado lo que le dijo.

—Deberíamos movernos —le dice Nate—. Te invito una cerveza camino de la colina.

—Pero esta es la colina —responde él.

—No la verdadera.

Ahora están lejos del barullo de la casona y caminan mirando a los grupos dispersos que se han instalado en las esquinas de las casas a conversar, fumar o tomar mientras, delante de ellos, se va abriendo el panorama que se despliega cuesta arriba. A él le parece que ya es muy tarde o tiene la sensación de que ya es muy tarde cuando ambos pasan al lado del restaurante The Sink y se internan por la calle Pennsylvania, al territorio mismo de lo que Nate llama el corazón de la colina, una larga sucesión de casas separadas por árboles y jardines en las que se oyen gritos de diferentes vibraciones y músicas puestas a todo volumen de distintas pulsaciones y procedencias. En las fachadas es posible ver banderas del Estado o de la universidad o de las letras griegas que identifican a las confraternidades: Alpha, Sigma, Delta, Pi. Nate ve su rostro, de pronto fascinado por el frío y el hecho de subir por calle arriba a un territorio nuevo que se extiende hasta alcanzar la oscuridad. A él le parece que su compañero lo interna por un país distinto que le parece soñado: ingresan a una calle transversal por la que se desvían para adentrarse entre otros jardines extensos y más allá, en medio de una extraña explanada, vislumbrar una especie de cobertizo enorme, acaso un granero de luces altas y planas como las de un estudio de televisión. Nate le dice que le quiere mostrar eso y van juntos hacia esa zona de luz. Dentro del cobertizo, unidos por filamentos invisibles, sin música que los haga bailar o los relacione, llevando en las manos cervezas y tragos, chicos y chicas vestidos en pijamas conversan y algunos parecen reírse, pero no está seguro. El contraste entre el silencio y la luz y las chicas de menos de veinte años vestidas en *baby dolls* y portaligas y ellos en *boxers* es demasiado brutal para él. Tres chicas que están gritando se animan entre ellas, se sacan los sostenes y saltan con los pechos al aire.

—País de locos —dice Nate.

Él se ha mantenido perplejo, casi petrificado ante la visión de las chicas que ahora se ríen entre ellas coquetamente hasta que Nate le toca el brazo y le hace una seña de volver. Al abandonar el sitio su amigo aprovecha para comentarle algunas reflexiones sobre la gente de este país y los hijos que genera, los chicos de esta generación que van a esta universidad o a otras, la locura de la independencia súbita contrastada con la economía resuelta, el daño que les hace creer que su país es lo único que importa y que no es un país sino un imperio, la esquizofrenia que existe entre la libertad que clama la Constitución y la política penitenciaria que persigue a la población negra, la locura del consumo ilimitado, la escisión que impide a un chico menor de veintiún años comprar alcohol pero sí rifles con los que puede disparar desde una ventana a sus compañeros, sobre todo si son homosexuales, latinos y negros, y mientras le dice todo eso, convencido de la insania de su país, él lo escucha tratando de quitarse de encima la imagen de las mujeres semidesnudas que acaba de ver en el cobertizo. Le gustaría volver para seguir mirándolas y a la vez se avergüenza de ese deseo adolescente. Por súbito y por desbocado. Sabe que no podría volver solo de ninguna manera a ese sitio y también que no podría moverse solo en todo este lugar de gente tan diferente a él.

Han vuelto a la calle Pennsylvania y ahora doblan a la izquierda como retomando el camino que habían iniciado antes. A poco de andar, en una casa parecida a la de una confraternidad, pero más pequeña y sin banderas, se encuentran con un grupo de personas entre las que distinguen la figura de Nico al lado de la rubia esplendorosa con la que se había quedado en el Old Chicago. Es ella quien los reconoce, o más bien reconoce a Nate y lo llama con un brazo libre que eleva como el cuello de un flamenco que se yergue sobre un lago a medianoche mientras el otro se enrosca cobre el cuello de su enamorado. Al verla, él se dice a sí mismo que una chica como ella no podría tener sino esos ojos, esas cejas, esa nariz y esos labios. Y le parece también que ese es el único rostro posible para el resto de su figura. Nico la tiene tomada de la cintura y los llama con un silbido de barrio latino y ambos se acercan. Nate le dice algo a Nico que a él se le escapa y luego le pregunta por Todd; Nico le responde señalando hacia arriba de la colina. Todos, salvo Nico, son blancos o rubios y sus acentos se han disparado por la hora y también por la urgencia, la noche y la bebida. Son otros. Cuando otras voces se suman a la de Nate el sentido de lo dicho se le empieza a escapar. Su amigo le dice que van a buscar a Todd, que aparentemente está en una de las reuniones de las casas de la cima, y él asiente. Más allá, al fondo, distingue fiestas y reuniones, hombres y mujeres atados a la necesidad y la impaciencia, y aun más allá, a la espalda de las últimas casas, advierte la presencia de la oscuridad total, y con ella, el movimiento furtivo de la vida salvaje: alimañas que se desplazan, mapaches o coyotes que se evitan, lobos que realizan su ronda imperiosa, y más allá, después de las paredes de piedra que se extienden a lo alto, la presencia segura de osos y águilas y otros animales voraces y tenebrosos cuyos nombres desconoce, tanto en inglés como en español, pero que coronan la pirámide alimenticia de estas laderas escarpadas al lado este de las Montañas Rocosas.

—Bienvenido a la colina —le dice Nate mientras vacía su cerveza.

Entran a la primera casa, que lo sorprende. Es como un territorio tomado por gente de otra nación o de una nación diferente a la de los chicos de las confraternidades, una más cercana a Nate, pero todavía lejana a él, un conciliábulo de gente que viste sandalias, polos sin inscripciones, lleva el pelo sucio o suelto y se reúne y conversa desperdigada por los ambientes saturados por el olor a algo que es como la marihuana pero distinto. Ellos escuchan otra música en la que Nate reconocerá a Nick Drake y Neil Young y Big Star y The Grateful Dead, que hará que en su momento su amigo detenga lo que está diciéndole para hablarle de la música que se gestó en el norte de California en la segunda mitad de los años sesenta, la mejor. No todo ha sido Jim Morrison. Y le sigue hablando de los Grateful Dead y de otras bandas que no podrá retener cuando Nate le hace señas para dirigirse más allá, a otra casa a la que también entran, y es ahí cuando él se da cuenta de que el acceso a todos esos sitios no está limitado para nadie, pues están en la burbuja de una universidad de blancos en la que todos dejan abierta la puerta de su casa. No sabe si podría entrar solo o si su presencia llamaría la atención de los demás, pero en todo caso Nate es su llave y con él se siente cómodo con esta gente que es ligeramente mayor que la anterior.

Algunos chicos reconocen a su amigo y lo saludan mientras ellos ganan el interior hasta llegar a la cocina. Nate saluda a otro más y menciona un nombre que hace que los demás sonrían y después hurga en la refrigeradora para sacar un par de cervezas. Le da una a él y salen al jardín interior donde hay algunas personas sentadas en el césped. Él le pregunta a Nate si conoce a alguien y este le dice que no, pero que eso no importa. La noche es de todos, le dice. Y somos libres. Y él siente eso también y lo agradece secretamente. Esa manera segura de ir de un lugar a otro, de conocer gente diferente y de tomar lo que le provoque donde le provoque le empieza a gustar, y no ha terminado de encontrarse en esa satisfacción cuando dos chicos han reconocido a Nate, le han pasado un canuto de algo parecido a yerba, Nate se lo pasa y él le da un par de caladas que luego de unos segundos empiezan a desplazar unos centímetros las cosas de posición, pero que felizmente no activan las luces de su mente. Los dos amigos son estudiantes de arte de la facultad, o eso le parece entender: uno tiene tatuajes tribales en los brazos y al parecer hace esculturas; el otro es delgado y lleva anteojos y parece más interesado en las intervenciones públicas o en algo que podría ser la curaduría. Uno es de un pueblo de Kansas y el otro de Illinois, y los dos hablan con Nate de la situación del mundo actual y de la política del país, de la desgracia de tener a los Bush en el poder y del ascenso milagroso de un político de raíces africanas que proviene de Chicago que, si bien tiene un nombre amenazante para estos tiempos, se ha lanzado desde un acto político que parece haber sucedido en Denver con un discurso sobre migrantes que era para llorar. Los tres se ríen y a él le parece que es producto de la yerba. ¿Sería algo así posible? Él se está empezando a imaginar una situación tan delirante como esa mientras uno de ellos les está hablando de la aparición de una red virtual de contactos y de relaciones que ellos ignoran y que empezó en las universidades del este y ahora comienza a tener cautivos a los chicos de universidades como esta, una suerte de página social personal en la que uno pone sus fotos como si fuera un álbum que todos pueden ver y que permite que cualquiera contacte a cualquier persona si eso es lo que desea. Si es así, dice uno, ya pronto no tendrá sentido salir a la noche a conocer a gente impensada como ahora estamos haciendo nosotros, y él otro asiente. Todo, además, está relacionado con los rostros; de hecho, ese es el nombre del sitio. A él le parece increíble enterarse de cosas como esta y se queda pegado pensando en el político de raíces africanas mientras los otros hablan de un valle de California donde está el nuevo centro tecnológico-político-cultural del país, pero cuando parece que van a desarrollar una nueva teoría del poder, derivan a la experiencia que han tenido hace unas semanas con sustancias lisérgicas en una comunidad de indios nativos en uno de los bordes del Estado. Escucha la palabra peyote y en cierto momento el escultor parece estar hablando de la belleza de las rocas del lugar, pero podría habérselo imaginado. Cree eso porque ha vuelto a dar una calada y ahora intuye que quizás ya no es exactamente el mismo de antes, tiene la boca algo adormecida y ha perdido voluntad para hablar, de modo que los escucha como si se comunicaran en una lengua que se va alejando de este planeta mientras por su mente adormecida pasan volando ciertas partículas o esquirlas a las que él trata de asirse para no sentir que desaparece con ellas:

Está vivo y está *aquí* y *aquí* no es el país que dejó.

Está empezando una maestría.

Está algo lejísimos de casa, pero no, está relativamente cerca porque su casa es ese apartamento de estudiantes en la zona menos iluminada de este lugar impreciso.

¿Es su casa? ¿Se la puede llamar su casa? No lo sabe, pero en todo caso su lugar está *aquí* y no *allá*, *aquí aquí*, se repite, y luego no sabe por qué repite esa palabra, pero es en ella donde está y en ella no hay pasado, se dice, solo esta noche y esta noche es la más valiosa de todas las que ha tenido en el norte porque ha empezado a estar *aquí*.

Él viviendo *esto y él* y *esto* existiendo juntos bajo el aire frío de los Estados Unidos de América al que hacía poco tiempo, cuando todavía estaba *allá*, le parecía imposible llegar. *¿Pero para ser qué?* Hay algo que se ha desprendido de él como una cuerda que se desvanece en el aire de la atmósfera, una confusión que a la vez es el fin de una inhibición o es el efecto de aquello que ha consumido y no sabe qué es porque ahora se ha desprendido de su amigo —¿se despidó de él?, ¿le dijo que se iba solo por un momento?— y busca él mismo la cocina y se desplaza entre distintos espacios y muebles hasta que da con ella y, al entrar, saluda a todos sin problemas y busca una cerveza sin éxito, pero encuentra una serie de botellas a medio llenar con licores distintos y algunos de colores diversos y de pronto un chico le está hablando y al mirarlo le parece escuchar que le dice que se sirva lo que quiera así que se prepara un trago para él con los tragos que sea y prepara otro para Nate y también escucha cosas de las que no tiene la menor idea pero responde a todos con gestos mientras se dice que la vida es realmente una locura y que el viaje siempre es más largo de lo que creemos y que él tiene apenas más de treinta años y está vivo. Está pensando que está *allí* y está tratando de recordar su dirección en este país pero se le aparece la otra, la anterior, y también se le aparece la chica de ojos grandes diciéndole que estaría en tal lugar por si se animaba y mientras piensa todo eso, sale a un jardín interior que bien podría ser el jardín de una nueva casa de la colina o acaso el mismo jardín de la misma casa en la que estaban antes —¿cuál era esa casa?—, solo que visto desde otra perspectiva. Ha perdido la noción del tiempo y del espacio. ¿De qué estaba hablando con Nate antes de que él se fuera? ¿Cómo se llamaba el sitio donde estaría la chica de ojos grandes? ¿Le está llevando un trago a su amigo, verdad? ¿Por qué no tiene nada en las manos?

Se ha sentado sobre el borde de un piso que vendría a ser la parte de un porche interior y se queda mirando un rato el jardín, escuchando las voces a su alrededor que se superponen a ese ruido de fondo que está en su cabeza, pero que no se esforzará por reconocer. Algo se ha relajado en él, en sus músculos y su corazón, y abraza ese relajo. Es posible descansar un rato de sí mismo. Cierra los ojos y ve que hay unos puntos de luz que deben ser los mismos que ha empezado a ver esta noche, pero esta vez puede jugar con ellos y los hace entrechocar de modo divertido. Sonríe. Si está solo sabrá cómo volver a donde vive porque los efectos de cualquier droga siempre se disipan y estos parecen remitir. Abre los ojos y se entrega a la observación de lo que tiene al frente. La cerca. El cielo. Escucha las voces. Pasa un rato o quizás mucho tiempo así. Cuando siente cierta claridad y las cosas han vuelto definitivamente a sus contornos, voltea la mirada a su derecha. Ve a gente echada en el césped como durmiendo la siesta y, al lado derecho de ellos, sentada en el otro extremo del piso que da al mismo jardín, las manos juntas y los ojos ciegos tratando de vislumbrar algo más allá de la cerca, descubre la figura de Nate, solitaria, *perdida*, y entiende de una vez por todas que no ha estado solo, que su amigo no se va a ir sin él, y también que así como han podido pasar dos horas quizás han transcurrido diez minutos. Se pone de pie y va a su lado. Al caminar comprueba que se siente mejor. Se sienta a su costado durante un tiempo que a él le parece sereno. En la casa suena un piano y la voz de Nick Cave y él se deja llevar hasta que Nate lo saca del ensueño.

—Está embarazada —le escucha decir.

Él voltea hacia su amigo y ve que se mantiene en la misma postura, como si le hubiera dicho eso a nadie. Parece estar hablando solo. Tarda unos segundos en entender lo que ha dicho porque, además, la frase fue algo más larga, pero él procesó solo eso. Una parte de su mente quiere que todo el paisaje de su cabeza se aclare, como si se pudiera disipar la niebla que se cierne sobre un puerto escondido.

—Margaret —dice Nate, y ahora él lo escucha mejor—. Ella *cree* eso.

—…

—Que está embarazada.

El inglés de Nate no es tan impecable a estas horas. El inglés de Nate y su cansancio y los rescoldos de la hierba que él fumó lo obligan a hacer grandes esfuerzos por captar, o eso quiere creer, que el embarazo de Margaret no está confirmado. Él cree entender que en el último encuentro que tuvieron juntos, y acaso en otros también, Margaret y Nate *no se cuidaron* (una razón más que explicaría la culpa de ella, pensará más adelante él), y también le parece que Margaret se había comunicado con Nate días antes, quizás por Messenger o por email, no le quedaba claro, para decirle que la regla no le había llegado el día en que le tocaba pese a que ella era regular. La palabra es igual en los dos idiomas. Muy *regular*. Le parece que le está diciendo que eso fue hace unos pocos días. Le parece entender que Todd le dijo que no le diera tanta importancia y él lo hizo porque a veces eso les pasa incluso a las chicas más regulares, aunque se quedó condicionado por un ligero sobresalto. Al parecer todo se mantuvo en esa tensión hasta que esta misma tarde o esta noche, o eso le parece a él, Margaret le escribió diciendo que necesitaba hablar con él de algo urgente. Y entonces le parece recordar a Nate revisando sus correos en casa y escribiendo furiosamente en el teclado y de pronto siente que empieza a ver los mecanismos internos de esta noche con mayor claridad. Fue ahora en el bar deportivo, dice Nate, que Margaret le dijo que la regla no le había llegado desde la última vez que hablaron y que ya había pasado una semana, acaso más o acaso menos. Ciertos detalles se le han escapado, pero es claro, se dice, que de todo aquello que le ha dicho Nate se desprende que ella no sabe con seguridad si está embarazada y que *eso* fue lo que le quiso transmitir a su amigo esta noche. Que lo sospecha demasiado pero aún no lo sabe.

—¿Y por qué no quiere saberlo? —pregunta él.

—No lo sé.

Nate parece confundido, pero sobre todo tiene un aire de impotencia. Margaret le ha comunicado que mañana piensa hacerse un test rápido para salir de dudas y le dijo también que prefería ir sola, o acaso iría con Laura. No con él. Eso tampoco lo entiende Nate. Cuando él voltea a ver a su amigo lo que observa es una forma lenta de vértigo junto al desamparo de la juventud.

—Ahora solo depende de ella.

Él asiente, no tiene nada que comentar. Nate ha volteado a mirar hacia la cerca que delimita el jardín interior de la casa del resto de elementos de la noche y suspira. Ahora ya sabía que aquello que hablaron solos, cuando Laura y él se fueron a fumar, resultó ser el inicio de esa primera conversación de dos chicos que por primera vez saben que podrían ser padres, o que por primera vez son conscientes de estar en el límite de una vida que se acaba y de otra muy distinta que podría empezar si no hacen nada y dejan que la naturaleza siga su flujo. Pero es verdad, piensa, que se trata de chicos universitarios de los primeros años del siglo veintiuno en un país desarrollado del norte, y la naturaleza ya no es lo omnipotente que fue para sus abuelos o bisabuelos. Diferentes opciones se abren para ellos y con esas opciones una serie de dudas y contradicciones. También de conflictos. Mira a Nate y lo anima a que le cuente qué pasó, a ver si aclara la situación que han vivido y acaso, eso le dice, pueda ayudarlo. Nate lo mira y le dice que sí. Parpadea y poco a poco le va contando algunas cosas que le permiten ir reconstruyendo lo que de verdad ha pasado esta noche. Se anima a repreguntar cuando un detalle se le escapa. Van lento. Al principio su amigo narra deshilvanado, pero él le pide que cuente todo desde el principio y Nate lo hace.

Nate le cuenta que Margaret le habló del retraso en el bar deportivo apenas estuvieron solos y que en ese momento él apenas pudo hablar. Margaret le dijo que quizás estaba embarazada y él sintió que la vista se le nublaba y que sus piernas perdían estabilidad y su mandíbula empezaba a temblar ligeramente. Se miraron a la luz de las pantallas deportivas sin saber qué decirse y él empezó a sentir unas ganas absurdas de reír y a la vez sintió miedo por la manera en que ella consideraría su risa. Era una sensación de vértigo y de furor que lo ganaba al imaginar que eso pudiera ser cierto y que algo suyo, algo de él, hubiera anidado en el cuerpo de ella, a quien ahora miraba con otros ojos. Y mientras no podía evitar ese gesto que no sabe cómo leyó Margaret, mientras no sabía qué responder, trataba de abrir los labios y decir las palabras precisas para acompañar a la chica de veintidós años que tenía al frente y que lo miraba temblando como un cervatillo asustado que espera de él, su pareja, claridad, aunque lo único claro que Nate tenía en ese momento era que todo eso era nuevo y demasiado. No recuerda lo que le dijo, pero seguramente fueron murmullos o vaguedades. Estaban en eso cuando Laura y él volvieron de fumar en la calle Pearl y luego se unieron Todd y Nico. Entre el bar deportivo y el Old Chicago, cuando caminaron en grupo, él trataba de encajar la inminencia de su paternidad a la vez que el cielo le parecía de pronto hermoso y a la vez amenazante, y también hermoso y amenazante el fulgor que había notado en la piel de Margaret, como si una fuente de luz interior la hubiera completado hasta embellecerla sin atenuantes, aunque podrían ser ideas suyas. Se concentraba en mantenerse en tierra firme y acomodar sus ideas para expresárselas a ella más adelante porque sabía que tendría que hacerlo, y estaba asustado de tocar demasiado hondo, al punto de herirla. Fue en el Old Chicago, ya disperso el grupo, que ella le pidió que le dijera qué *sentía*. Nate en ese momento trató de ser sincero y le dijo que él no se había planteado nunca la idea de tener hijos; lo que sentía era algo de miedo. Esa era la verdad. La posibilidad de ser padre lo asustaba mucho, o lo asustaba en ese momento, cuando aún no se había realizado como lo que quería ser, un cuentista, pero a la vez, le dijo, quería creer que ese miedo era parte de ser padre también: los grandes asuntos y responsabilidades de la vida venían acompañados de una cuota de miedo y, a lo mejor, esa podría llegar a ser una buena señal. Él sentía eso y a la vez tenía la intuición casi mística de un esplendor que se había instalado desde lo celeste hasta el centro de los dos, algo que había prendido de pronto como se enciende de súbito una luciérnaga en medio de la oscuridad, y entonces, luego de decir eso, mirando el rostro de ella que seguía transmitiendo una lenta desesperación, se encontró alargando los brazos y agitándolos como si fuera un insecto luminoso en la parte oscura de la barra en la que estaban, y cuando lo hizo, ella empezó a reírse con una risa tan extraña que parecía confundirse con el llanto, al punto de que no se podría precisar si era de felicidad o de nervios o de tristeza.

—Fue entonces que le dije que saldría un momento y me reuní con ustedes —dice Nate, moviendo la cabeza y propinándose un gesto de reproche.

Él se imagina la escena y ve a su amigo despidiéndose de golpe, ella sola varada entre las sombras, los pasos nerviosos de Nate rumbo a la salida de la calle Pearl mientras Laura hablaba con él de bandas de rock. Recuerda su aparición entre ellos y su rostro extrañado, el temblor de sus manos al preparar su cigarrillo artesanal. Nate le cuenta que cuando todos terminaron sus cigarros y entraron para buscar a los demás por la parte oscura del local, temió que Margaret se hubiera ido, pero milagrosamente estaba allí, en un lugar distinto a aquel en que la dejó. Y que cuando volvieron a estar solos, ella solo se dirigió a Laura, como si nada de lo que hubieran hablado hacía unos minutos hubiese ocurrido. Igual se mantuvo al lado de Margaret hasta que Laura y él se pusieron a hablar en la parte más luminosa de la barra, y él y Margaret se corrieron a la zona más oscura de la pista de baile, esa que daba al interior de los ambientes en penumbras, donde los demás se confundían con el ritmo de la música. Cuando él retomó el tema le dijo que había tratado de ser sincero, pero ella pareció no escuchar, o quizás sí, y le preguntó de un modo precipitado si él, Nate, se veía a sí mismo teniéndolo, si aquello le parecía posible, si los veía juntos haciéndolo, y entonces él le dijo que sí, o que en ese momento sentía que sí. Nate cuenta que en ese momento los ojos de ella se abrieron mucho de un modo indescifrable, y él volvió a sentir nervios y le dijo, pensando que así podría tranquilizarla, que podrían considerar que ambos estaban acabando carreras profesionales y que, dentro de todo, podrían hacerse cargo de lo que viniera. Estaban en una edad en la que ya habían hecho lo más importante y podrían tomar lo que les tocara vivir juntos. Y estaba por continuar cuando ella le hizo un ademán que parecía ejecutado ante un mareo, un gesto de que todo avanzaba demasiado rápido y de que por favor se detuviera. Luego de eso él no supo qué decirle y se quedó callado, la tomó del brazo mientras ella miraba sus zapatos como si hubiese perdido el equilibrio y le rogó que no tenía que tomarse tan en serio sus palabras. Eso le dijo Nate. Tenían que ir con calma; ella no se había hecho la prueba y no sabían si realmente estaba embarazada, así que cabía la posibilidad de que no. Todo estaría bien, le dijo él, mientras ella se soltaba de su brazo y volvía a erguirse. Margaret miraba todo desde la semioscuridad y a él le pareció que estaba sometida a unos pensamientos nuevos, y acaso mucho más densos, a los que él jamás tendría acceso. Entonces lo soltó: ella no tendría que asustarse porque de todos modos la decisión final sería *suya*, aun si estuviese embarazada. Con toda la sorpresa y la confusión de sus emociones se había olvidado de decirle eso, pero ahora se lo decía.

No sabe si esa fue la razón de todo lo que vino después, si fue haberle dicho eso a secas y no añadir que implicaba un apoyo de parte de él a esa decisión o habérselo dicho de forma tan breve o tardía. Solo recuerda que Margaret siguió mirando la pista de baile en silencio cuando de pronto escuchó su voz que le decía *obvio*, la decisión era *solo suya*, esa noche solo lo había buscado para comunicarle lo que estaba pasando y lo que pensaba hacer. Ya le informaría de los resultados de la prueba, le dijo, y también le diría qué cosa decidiría a partir de ellos. Él no entendió bien de dónde venía el tono de amargura y le propuso que, si a ella le parecía, la podría acompañar a comprar la prueba y podrían hacérsela en la casa de la avenida Canyon, pero ella no aceptó la propuesta. El asunto era *suyo*, le dijo, y luego se quedó en silencio. Entonces pasaron unos segundos y él no supo qué más decir, hasta que no pudo contenerse y le dijo que más allá de que la decisión *fuera de ella*, él al menos tenía voz en el asunto y le recomendaba con toda franqueza que, cuando tomara su decisión, lo hiciera más allá de la voluntad de su mundo en Texas, más allá de su barrio, de su ciudad o de sus padres. Ella no respondió a nada de eso y su rostro pareció no cambiar de expresión, como si no lo hubiera escuchado; solo se quedó petrificado, con la vista al frente. Pasaron así unos segundos y hubo uno en particular en que él sintió que ella había vuelto a mirarlo, pero no volteó. Luego escuchó la voz de ella diciéndole que no sabía muy bien qué pasaría, pero que si tuviera que tomar la decisión en ese mismo momento ella no lo tendría. Fue entonces cuando Nate sintió un impacto impreciso y doloroso. El dolor se expandió dentro de sí de forma incontrolable, de una manera en la que se unían la sospecha y el rechazo, pero calló y sintió cómo entre ambos se había formado una película invisible que les impediría hablar de cualquier otra cosa esa noche. Apretó la mandíbula, un pensamiento oscuro atravesó su mente y luego, sabiendo que la película entre ambos se rompería definitivamente si no se contenía, le preguntó si estaba segura de que el posible embarazo le correspondía a él, es decir, si era *suyo*.

Mira a Nate mover la cabeza en un gesto contrariado en el que parece estar desatándose lo último que le queda por revelar. Le pregunta escogiendo con cuidado las palabras si de verdad le preguntó eso y Nate se lo confirma. De pronto él siente ganas súbitas de fumar y busca cigarrillos en su casaca. Encuentra uno.

—¿Podría ser de otro? —pregunta.

Ahora es Nate quien se acelera un poco diciéndole varias cosas de modo desordenado y es ahora él quien vuelve a perder algunos detalles de su narración, pero entiende que le está contando algo acerca del novio de Margaret, ese chico de su ciudad, sí, el que no estaba enterado de nada de lo que habían vivido ella y Nate aquí en Colorado y que en algún momento, no sabría precisar cuál, parece haber pasado por el Estado en unas cortas vacaciones, acaso las de mitad de trimestre, quizás porque no se aguantaba las ganas de verla o porque ya habían quedado; esas cosas Nate no las sabía porque de ellas Margaret y él evitaban hablar, aunque en el fondo él confiaba en que esos encuentros puntuales podrían revelarle a ella que la relación con su novio formal ya no se sostenía. Nate pensaba que quizás la mediocridad de ese encuentro con el novio había propiciado los días de intimidad entre ella y él en la habitación de la calle Canyon, pero no podría asegurarlo. Eso al menos fue lo que quiso creer. Tras los días encerrados en Canyon él había asumido que se habrían visto pero le parecía improbable que se hubieran acostado, aunque ahora le quedaba claro que ese era un pensamiento inocente. Era evidente que habían estado juntos, aunque había un mínimo de probabilidades de que no, y por eso la pregunta le quemaba por dentro y le ardía todavía más no saber si, de haber ocurrido, ella se habría cuidado como no se cuidó con él. Nate le confiesa que ellos no se protegieron y que incluso hubo un momento en que él no había controlado su eyaculación porque ella lo miró a lo ojos fijamente como dándole permiso para descargar dentro de ella todo lo que tenía dentro de sí. ¿Había sido igual con el otro? ¿Habría ocurrido algo parecido? Cuando le formuló la pregunta a Margaret sentía cólera, dice Nate, pero a la vez esperaba que ella le despejara las dudas en solo un segundo diciéndole que no, que su embarazo podría ser solo de él o de ambos, pero eso no ocurrió. Lo que pasó fue que Margaret encajó lo que dijo, le respondió que eso era cosa *suya* y luego no dijo más. Los dos se quedaron mudos y él sintió rabia y volteó a mirarla y le dijo con un tono de estúpida superioridad moral que la entendía y apoyaría en la decisión que ella tomara si el embarazo se confirmaba, más allá de que ese hijo fuese suyo o no. Eso le dijo. Margaret le hizo señas a Laura para que se acercara adonde estaban y cuando volvió en sí, sobre sus palabras, las dos amigas ya habían salido del lugar sin despedirse ni nada. Se sintió idiota por la manera en que había hablado, aunque luego de un rato se tranquilizó pensando que podría pedirle disculpas a Margaret cuando volviera; las dos chicas seguro habían salido a fumarse un cigarrillo y a comentar el rumbo de la conversación sobre el posible embarazo, pero entonces cayó en cuenta de que Margaret no había fumado en toda la noche y salió a ver si estaban afuera del bar y descubrió que no, que se habían marchado, y entonces las buscó con sus ojos miopes por los alrededores intentando imaginar el posible itinerario que habrían hecho, pero fue en vano. No las pudo distinguir en la calle Pearl, ni en los bares cercanos a los que se asomó tímidamente, ni en los paraderos próximos a los locales en que estuvieron, ni en ninguna otra parte, y solo en ese momento se maldijo por no tener celular para comunicarse con ella. Estuvo parado en una esquina mirando las luces extraviadas de los postes y luego se puso a analizar las posibilidades que tenía de encontrarla nuevamente durante esta noche. Regresó al bar con la idea de que quizás Laura y ella habían ido a la colina. Y entonces le propuso a él venir y con él habían recorrido la casona de Broadway y estas casas algo *hipsters*, pero no habían encontrado rastro de ambas. Y aquí tampoco estaba. Nate dice que desde que Margaret se fue de esa manera su mente ha sido un hervidero. Por un lado, ha ido procesando la posibilidad de ser padre y por otro repasando la conversación. Margaret le parece un enigma y le da miedo que hubiera tantas cosas que no supiera de ella. Pese a los roces de esta noche había descubierto que una parte de él estaba lista para ser padre o, al menos, no tenía tanto miedo como habría sospechado, y solo por eso se daba cuenta de un modo nuevo de cuánto la quería o hasta qué punto estaba enamorado de ella. A la vez, repasaba por momentos las palabras de ella y también su silencio, el tono con el que le había dicho ciertas cosas, entre ellas aquella de que esta noche pensaba que no lo tendría, y entonces en su mente aparecía una idea oscura que no había podido sacarse de la cabeza: quizás sería otro el acercamiento u otra la manera e incluso otra la decisión si se descubría que las cosas en verdad se habían dado de un modo diferente.

—No entiendo —le dice él. Y es verdad.

Nate hace esfuerzos por mantenerse sereno.

—A veces pienso… —dice casi susurrando—. A veces me pregunto si la decisión que ha tomado Margaret esta noche depende de que el bebé sea *mío*, ¿entiendes?

—¿Cuál decisión? —dice él—. ¿No tenerlo?

—Así es —dice Nate, ya vencido por la idea—. Una cosa es tener un hijo con un chico graduado de una Ivy League, de una familia con fortuna, y otra con un tipo al que conociste en la universidad y que, aparte de enseñar ajedrez, quiere ser escritor.

Nate oculta la cabeza entre sus largas piernas separadas para permanecer así, como una grulla acobardada. La duda de Nate le resuena dentro y siente un leve mareo, un sonido lejano que no alcanza a distinguir e intuye la presencia de esos guijarros sueltos como piedras sucias que a la vez podrían ser esos puntos de luz. Ha cerrado los ojos y parece que los llega a ver, lejanos, pequeños, entrechocando unos contra otros hasta reproducirse y entonces prefiere abrirlos para mirar bien a Nate y descubrirlo a su lado como no lo ha visto nunca, con un aire pesado de derrota. Se anima a decirle con esfuerzo y algo de pena que las cosas en el idioma de Nate no le salen con la misma facilidad con la que le saldrían en el idioma que conoce, el castellano, y por eso sería justo decir que no lo ha conocido a él realmente, porque en español él es más rápido, más ingenioso y hasta más divertido, pero igual tratará de usar el inglés para decir lo que piensa, un idioma que no le pertenece, que aprendió con dificultad y además tarde. Margaret es el centro de todo ahora, le dice, eso es cierto, pero ese centro tiene miedo. Eso es lo primero. Tiene mucho miedo. Tiene mucho más miedo del que él, Nate, siente ahora y mucho más del que podría imaginar, y es por eso que probablemente ha ido a verlo esta noche. Ha ido a comprobar si él puede ser un soporte para su situación y se ha enterado de que en parte sí, pero también se ha enterado de que él ya tiene una decisión tomada y eso le ha dado más temor aún. Mucho más porque ella no está clara todavía. Ella le ha dicho que sí, pero es evidente que no. Eso es lo que cree él. Y, además, si de veras está en la situación de saber si está embarazada, porque cabe la posibilidad de que ya lo esté y lo sepa y no le haya dicho nada a él por el temor, es muy probable que en los próximos días no tenga ninguna capacidad para pensar nada. En los próximos días solo va a tener mucho miedo ante la posibilidad de tenerlo y mucho miedo ante la posibilidad de no tenerlo, y también miedo ante la responsabilidad de la decisión y de hacerse cargo de esa decisión.

—Mira, Nate —le sigue diciendo él—, en el sitio del que vengo las cosas son iguales o hasta peores, y no voy a negar que el origen y la diferencia son un problema, es cierto, pero créeme que ahora no se trata de eso. En este momento lo que importa o tiene sentido está en Margaret, y lo que debes atender se concentra en ella, ¿entiendes? Y ella, que ahora es como la estrella de un sistema planetario que tiembla y oscila, ella, que es el centro, está atravesada de terror, un terror salvaje, el terror mudo que siente una presa acorralada por depredadores. Un terror hecho del miedo al amor que siente ya por esa niña o ese niño, también miedo de tenerlo o de perderlo o de lo que implicaría perderlo, miedo de lo que sentiría ella como culpa ante los ojos de ese niño o esa niña o ante los ojos del padre, fuera quien fuera. Miedo a sus propios padres. A su cuerpo. A los remordimientos. Miedo al juicio del mundo. Porque, aunque en este país no sea un crimen interrumpir el embarazo, *hacerlo*, por educación o cultura, implica siempre pasar un límite, es una desobediencia primordial. El miedo y el daño se relacionan más de lo que te imaginas. A veces son una misma cosa. Y al final es posible, cómo no, que tú termines destruido con lo que tenga que pasar. Que algo en ti se muera o se desprenda de tu cuerpo y tu mente para siempre, y que ya no seas el mismo. Eso es irreversible. Sin embargo, con todo eso, con todo lo que puede aguardar por ti el destino, por ahora lo único que importa es ella, ¿entiendes? E importa que tú, o la parte de ti en todo esto, esté allí para ella, para lo que necesite o lo que no, más allá de la diferencia y del furor que te despierte tu sospecha. ¿Entiendes?

Nate le dice que sí y él se da cuenta por el rostro de su amigo de que su inglés ha fluido y que ha hablado como un hombre de su edad, uno que tiene algunos años más que los chicos que lo han rodeado esta noche, y al terminar de decir lo que ha dicho, al notar que algo se ha aclarado en las facciones de su amigo menor, que algo se ha relajado en él, se siente mejor. Percibe algo que no había notado antes: su primer amigo en Norteamérica es un chico en la mitad de sus años veinte como en las novelas de Kerouac y que, como muchos de ellos, es lo suficientemente sensible como para saber que él, el tipo del sur, puede provenir de una realidad más áspera y más precaria y más salvaje y más difícil que la suya. Y que es precisamente esa realidad la que le ha ofrecido ahora un consuelo.

—¿Algo así te pasó alguna vez? —pregunta Nate.

—A todos nos ha pasado algo así alguna vez —responde él.

Y es cierto. Y por su mente pasa una nube como si fuera una cortina de neblina que se cierne sobre un puerto escondido.

—¿En tu ciudad es legal?

Él se distrajo.

—En Lima —le dice Nate—. En tu lugar.

Él parpadea. El nombre de su ciudad en los labios y el acento de su amigo le ha sonado completamente remoto.

—Interrumpir el embarazo —aclara Nate—. ¿Es legal?

Le cuesta regresar del lugar en que se escondió por unos segundos.

—Abortar —insiste Nate.

—...

—¿Es legal?

—No —dice finalmente.

Nate asiente. Él no agrega nada así que los dos permanecen en silencio unos segundos. Delante de ellos no solo sigue la cerca que delimita el jardín de las afueras de la casa, sino otras voces, otras conversaciones.

—Lima es una ciudad grande, ¿verdad? —escucha decir a Nate.

—Sí —responde él.

—¿Y no es legal allí, siendo una gran ciudad?

—No —dice él—. No lo es.

Nate no dice nada. Mira la cerca como él.

—Aquí lo es, ¿verdad? —pregunta.

—Aquí sí, pero no en todo el país —responde su amigo—. Hay algunos Estados en los que no. Pero en Colorado, o en Texas, o en Washington, por ejemplo, sí. Es legal en todos los pueblos de este Estado, por ejemplo.

—Claro —dice él—. Una vez leí que las chicas con mucho dinero de mi país viajaban a Miami para abortar.

Nate lo queda mirando. Es posible que esté pensando en algo y se lo calle. Él no puede pensar en nada.

—Imagino que si en Lima no es legal, en todo tu país no es legal, ¿verdad?

—Así es —dice él—. Es ilegal en todo mi país. No es legal ni siquiera si te violan. Si te viola un grupo de extraños en la calle o en una fiesta como esta o te viola un profesor en una universidad o en la escuela o un sacerdote o te viola un policía al servicio del Estado o un militar de guardia o un grupo de amigos, o te viola tu propio padre y sales embarazada, no puedes abortar. No decides. Si abortas luego de que te violan, o si simplemente abortas, pasas a ser una criminal y puedes ir a la cárcel por eso.

Nate hace un gesto de comprensión que intenta ser grave.

—Qué duro.

—Lo sé —dice él.

Nate pone una mano sobre su hombro y le dice que muchas gracias. De veras. Se siente bastante mejor. Él le responde que de nada y le parece intuir que aquellos puntos de luz en su mente se han alejado.

—¿Sabes qué, Nate? —le dice a su amigo y este voltea a escucharlo—. Al final, cuando todo esto se resuelva, todo lo que ha pasado servirá para aclarar las cosas entre ustedes dos. Sea lo que sea. Más allá de lo que suceda en el cuerpo de ella y de lo que pase con su decisión y con la parte que te corresponda a ti en todo esto, va a terminar siendo así.

—...

—Es el costo de crecer. Ya verás que todo va a salir bien.

Nate sonríe. Es una sonrisa con serenidad. Y luego le da un par de toques cariñosos a su rodilla. Es un momento de extraña paz y él ya no tiene pensamientos. Hablar en otro idioma lo ha agotado. Nate le pide uno de sus cigarros porque no tiene ganas de armarse uno y él se lo da y también se prende uno. Los dos se quedan así, mirando las ascuas de los puchos y dejando pasar el tiempo. Miran las casas que se extienden del otro lado de la cerca, el cielo que se expande detrás de ellas, las estrellas, y en un momento a él le parece que ambos reciben el aire de toda la noche tan abierto como abierto es el futuro. Se podrían quedar así un largo rato, pero su amigo parece acordarse de algo y rompe el silencio.

—Hey —dice, y su tono parece recuperar la energía de siempre—. ¿Quién era la chica que te buscó en el bar?

A él le cuesta un instante entender a qué se refiere.

—La chica morena —dice Nate—. La delgada.

—¿La viste? —. Es todo lo que se le ocurre decir.

—Claro.

—¿Seguro?

Nate no le responde. Solo se ríe.

—Vaya —dice él—, por un momento llegué a pensar que era solo una visión.

—Es bonita —dice su amigo.

—¿Te parece?

Y ahora ha sentido que un resplandor lo ilumina, algo parecido al orgullo.

—¿Quién es? —pregunta Nate.

—Es una chica que lleva una clase conmigo —dice él, y de pronto siente unas ganas adolescentes de reír—. Solo una.

—Es suficiente —le dice Nate—. Así empieza *todo* en los campus.

Y le sonríe. Entonces él le da una calada a su cigarrillo.

—Te dijo algo, ¿verdad?

—Sí —responde él, y comprende que ese fulgor interior es también la posibilidad de que esta vez él mismo sea el protagonista de una historia, la primera que le tocaría vivir al norte de su vida—. Me dijo que iba a estar en un bar por si me animaba a ir.

Nate abre los ojos como diciéndole que no entiende qué hacen allí. Una música suena lejana detrás de sus cabezas y a él le sorprende poder reconocerla, porque la banda que suena, Cocteau Twins, no es de la onda de la música anterior. Está por comentarlo a su amigo cuando escucha que la voz que canta lo hace en su idioma y no es de Elizabeth Fraser. Ese platillo constante y ese rasgueo suspendido de guitarra pertenece a Café Tacvba y le parece imposible o un verdadero milagro que en esta casa de la colina a alguien se le haya ocurrido poner Café Tacvba. ¿Era eso posible?

—¿Te acuerdas del nombre del bar?

—Trilogy —responde él.

La banda mexicana sigue sonando allá atrás cuando Nate le dice que perfecto. Se ha puesto de pie y le extiende la mano para que él se ponga de pie también.

—Esta noche la tienes que terminar allí, *amigo*.

Se lo ha dicho así, en español.

Y entonces él toma la mano de su *amigo* y se levanta.

La calle Pennsylvania tiene el aspecto de un espacio arrasado por una estampida. Nate y él han salido de la casa con la intención de encontrar a alguien que sepa dónde queda el Trilogy mientras sonaba *Mediodía*. A Nate le suena el Trilogy pero no está seguro de dónde queda. En la colina sin duda no es. Cuando los dos se ponen de pie y van a tomar agua del caño de la cocina, como hace todo el mundo en este país, él siente un primer ramalazo de miedo. Saber que alguien había esperado o esperaba por él era convocar una presión difícil e inabordable. Tuvo miedo, pero escuchar el tema de Cafeta lo animó.

Siente ahora que el aire se ha despejado alrededor suyo. Ahora que caminan por la calle tiene la impresión de haber recuperado una nueva sobriedad, como si la presencia de un propósito o la probabilidad de un encuentro lo hubieran llevado a un estado de renovada lucidez. Calle abajo se pueden ver algunos muchachos en las esquinas que dejan oír gritos dispersos. Él sabe que en ninguna de ellas estará Margaret. Caminan en la semioscuridad esquivando a quienes quedan. En una acera ven a unos adolescentes que ensayan un *beat* intermitente mientras otros hacen extrañas piruetas en el suelo. Más allá, apoyados contra una cerca, dos chicos se besan apasionadamente y se meten mano entre las piernas sin temor a las miradas de los demás. Más acá, bajo el árbol de una casa, sin duda languidece una fiesta, y es ahí donde distinguen la figura elegante y un poco melancólica de

Todd, que los reconoce a la distancia. Nate se alegra y él también, aunque no lo demuestra. Allí está Todd, que tiene la camisa blanca desabotonada y arremangada hasta poco antes de los codos, como si alrededor de él hubiera otra temperatura. A su lado hay dos chicas menores que él que parecen estar riéndose de algo que les acaba de decir, pero ellos no distinguen qué. Las dos son bonitas, pero la que está más cerca de él, de pelo zanahoria y ojos pardos, es más llamativa porque su vestido bajo el saco que Todd le ha prestado —sin duda es el saco de Todd— resalta la fuerza de sus caderas, algo poco común en estas tierras de mujeres de pechos grandes. Todd lo mira con la expresión de anfitrión en una ceremonia de actores.

—Oigan todos —dice—, aquí viene precisamente la persona que nos sacará de todas nuestras dudas.

Y a él le cuesta unos segundos darse cuenta y asumir que se refiere a él.

—¿Yo? —le dice, sonriendo.

—Nadie mejor que tú —dice Todd, y volteando a la chica de pelo naranja, dice—: Este amigo mío no solo es hablante nativo del idioma, sino que además enseña español en la universidad. ¿No es verdad?

A él no se le ocurriría llevarle la contraria, así que asiente.

—Ella no cree que yo hable bien español —les dice a Nate y a él para que los demás escuchen, y después de sonreír cambia de idioma—: *Dime de verdad, amigo. ¿Hablo o no hablo bien el español? ¿Se nota que hablo con fluidez?*

El acento de Todd es ligero, pareciera que estuviera adelgazando las palabras, o mejor, que estuviera susurrándolas, pero todos lo escuchan muy bien.

—*Ellas no creen que hablo el idioma con facilidad. Diles si miento o no miento.*

—*En absoluto* —dice él mirándolo, sonriéndole, y luego, deteniendo la mirada en la chica que lo escudriña con los ojos abiertos, en los que hay algo así como la sombra de un maquillaje que ha perdido sentido a esas horas, vuelve al inglés—: Todd habla perfectamente el español. Créeme.

—¿Lo ves? —dice Todd.

Y ella se ríe y le da un codazo cariñoso a Todd mientras se acurruca como un pájaro dentro de su saco.

—Creía que le mentía.

La otra chica le pregunta desde cuándo domina tan bien el español y Todd les cuenta a todos (incluidos dos tipos que al lado de Todd parecen no tener rostro) lo que él ya sabe: que vivió cerca de un año y medio en Chile y desde allí viajó a varios países de Sudamérica. Fue en Chile, continúa, donde se enteró de las historias que han vivido tantos países en esa región: golpes de Estado, guerrillas, torturas, *desaparecidos*, una serie de fenómenos políticos y sociales realmente poderosos que pasaban de manera similar en Brasil, Argentina y Colombia. Fue en Santiago que nació en él la vocación por la política internacional.

—No todo al sur es Cuba —dice sonriendo.

La chica busca cariño o protección con la excusa de tener frío y Todd responde al envite con naturalidad, pasando un brazo por su espalda, luego de lo cual la aprieta levemente contra sí cuando él se atreve a preguntarle si estuvo en Perú. Todd le cuenta que Nico y él se emborracharon lo suficiente cuando se conocieron en Colombia como para planear un viaje épico desde Argentina hasta el Perú pasando por Bolivia, ya que querían reproducir los diarios de carretera del Che. Lo llegaron a intentar, pero el viaje se interrumpió en la frontera de Bolivia con Perú cuando Todd descubrió que se había olvidado el pasaporte en La Paz.

—Solo por eso no llegué allí —le dice—. Tienen una dictadura ahora, ¿verdad?

—No —responde él—. Ya no la tenemos.

—Fuji… mori, ¿verdad? —prueba sus conocimientos Todd.

—Así es —admite él.

—¿Por eso viniste?

—No —responde él.

—*Fue por Sendero Luminoso* —le dice entonces, así, solo a él, en castellano.

Los ojos de Todd parecen escudriñarlo desde la luz que proyectan los focos lejanos, filtrada por las ramas del árbol, y que hace que sus ojos se vean tan pálidos que parecen metálicos.

Los demás no entienden de qué hablan.

—*¿Fue por eso?*

—*Tampoco* —responde finalmente.

Todd se da cuenta de que los demás están algo perdidos y les explica a todos que en Perú hubo un grupo armado maoísta realmente cruel y sanguinario, como pocos en el mundo, demasiado brutal y que sin embargo se hacía llamar de esa manera tan bella, Sendero Luminoso. Hordas de hombres bajaban por las laderas de los cerros de los Andes del Sur, armados con machetes o hachas o palos o cuchillos y a veces con pistolas o rifles, y tomaban los pueblos rurales para realizar linchamientos y matanzas, que ellos llamaban populares, en los que degollaban o decapitaban o apedreaban a las personas o autoridades que ellos dictaminaban que iban en contra de su lucha militar, una revolución comunista que tomaría el poder de la ciudad desde el campo. Muchas veces lo hacían de día, pero en ocasiones también, y eso era lo más aterrador, lo hacían de noche, o incluso de madrugada, cuando los demás dormían, y entonces bajaban de las cimas de los Andes con antorchas o linternas que anunciaban la muerte. En sus incursiones asesinaban también a mujeres y sobre todo reclutaban a niños y niñas que separaban de sus padres y convertían a la fuerza en guerrilleros o terroristas.

—¿En Perú? —dice uno de los chicos.

—Hace ya un par de décadas —dice Todd—. Era una lucha que la gente de las ciudades llamaba bárbara e incluso primitiva.

Una de las chicas suspira y él alcanza a ver que uno de los chicos sin rostro mira las laderas de las montañas que tienen detrás, como sugestionado por el relato de Todd. ¿Algo así de escabroso? Él ha escuchado la imagen algo extrema pero no completamente falsa que ha desplegado Todd sobre lo que pasó en su país y no tiene ganas de contestarla, porque no quiere iniciar una conversación sobre el tema, ni señalar matices, ni realizar precisiones. Además, lo que sabe Todd sobre el país en el que nació es mucho más de lo que sabría cualquier ciudadano norteamericano promedio.

—América Latina es tremenda y a la vez fascinante —dice Todd, y la chica que suspiró se pliega contra su pecho bajo el saco ante los labios abiertos de la otra, que de pronto parece tener tanto frío como ella. Durante un par de segundos una sombra de silencio parece posarse entre todos ellos. Se diría que se podría extender si Nate no decidiera romperla.

—Todd, ¿conoces un sitio llamado Trilogy?

Todd lo mira, como si regresara de un lugar lejano, pero la chica que tiene abrazada da un saltito.

—Trilogy, ¡claro! —dice ella.

—Está en el Centro —agrega Todd—. Calle Pearl con otra de un número que no sé en este momento.

—La trece —dice uno de los chicos sin rostro.

—Está justo en frente de una plaza donde queda el edificio de la Gobernación —agrega Todd.

—Fíjate si está abierto —le dice a Nate la otra chica.

—Es para él —dice Nate, sonriendo.

Todd mira la hora en su reloj de pulsera sin sacar la mano del bolsillo de su pantalón. Como su muñeca está desnuda le basta con moverla solo un poco para que el reloj se revele.

—Es casi la una y cuarenta —le dice a él—. Cierran a las dos. *Tienes que apurarte, chico.*

Nate lo busca con la mirada y sus ojos le hacen la seña de que deben marcharse ya. Lo hacen. A juzgar por el ambiente que los rodea, cualquiera diría que son las cuatro o cinco de la mañana, así es la respiración de las horas en esta parte del país. Cuando llegan al fin de la calle Pennsylvania, él le dice a su amigo si no prefiere quedarse en la colina con los demás, pero Nate contesta que ya no tiene nada que hacer ahí. La calle Canyon está de camino al Centro así que irán juntos hasta que él lo deje solo para que vaya a ver a la chica que lo espera. ¿De veras lo espera? Cuando están llegando a la zona del Sink y ven los árboles oscurecidos del campus del otro lado de Broadway, él se anima a preguntarle a Nate por lo que pasó entre Alma y Todd luego de que se separaran. Nate le cuenta que Todd y ella se escribieron correos hasta que ella los fue espaciando cada vez más, hasta dejar de escribirle. Uno de los motivos por los que Nico y Todd se emborracharon tanto en su viaje de imitación del Che fue porque, en esa ocasión, Nico le contó que su prima había conseguido novio en la universidad donde estudiaba diseño. Un abogado de familia conocida en la ciudad. Nada que hacer. Aquel fue un viaje perdido para ambos. Todd acabó inconsciente en una comisaría de Santa Cruz. Lo único bueno fue que en esos días se convenció de que probaría suerte en una maestría de estudios internacionales en la universidad donde Nico estudiaba. Esta por la que ellos caminaban ahora.

De bajada por Broadway, la inclinación de la pendiente le hace parecer que el futuro se va a presentar rápido. Nate camina a su lado concentrado en el piso y él sabe que piensa en Margaret, en la prueba que se hará mañana y en los resultados, y también en lo que le dirá y decidirá y acaso, porque estas cosas no se pueden gobernar fácilmente, en la diferencia. De pronto escucha el gorjeo de los cuervos que, posados en los árboles, habían pasado desapercibidos hasta ese momento. Por la pista de Broadway ya no hay buses y solo ocasionalmente pasa un carro u otro, así que sabe que si no encuentra a Josefina allá abajo volverá a casa caminando solo, aunque es verdad que este frío aún permite andar por las calles y no obliga a la gente a refugiarse en sus hogares como le han anunciado sus compañeros que ocurrirá tarde o temprano con la llegada del invierno. Cuando la pendiente más pronunciada termina y la vereda vuelve a ser horizontal, él sabe que están llegando al inicio de Canyon. Entonces Nate le dice algo que no esperaba. Le dice que le gusta no usar anteojos y ser miope en parte porque cuando camina en noches como esta ve más grandes, y hasta distorsionadas, las luces de los focos en las calles y las luces de los autos que pasan volando por su vista. Es como ver explosiones de luz, manchas de colores que parecen flores de fuego. Son como estallidos. O petardos. Y ese es un espectáculo de brillo que le gusta, dice, es encontrar algo hermoso en las cosas comunes, tener una nueva forma de mirar.

Para llegar al Trilogy tiene que seguir caminando recto por Broadway hasta llegar a Pearl, le dice Nate, apenas a dos cuadras, y de ahí voltear para buscar la plaza de la que habló Todd. Después de volver a mirarse a los ojos, ya en la esquina misma de Canyon, su amigo de Seattle le dice que espera verlo en el transcurso de la semana, ya no para intercambiar horas de español o inglés, sino para hablar, simplemente hablar. Le dice que en Denver hay buenas librerías de viejo y si él se anima podrían visitarlas y hacer otros planes juntos. Le recuerda, también, que ha dejado sus libros en su casa y puede venir cuando quiera por ellos y salir a caminar. Él le dice que de todas maneras y luego de eso Nate se acerca a él y lo abraza con fuerza para despedirse esa noche; es el primer abrazo que se dan desde que se conocen y el primero que él recibe en este país. Y mientras se abrazan, Nate le va diciendo que vaya con ánimo en busca de su chica.

—Lo que pase aclarará las cosas —le escucha decir, y no sabe si se lo dice a él o se lo dice a sí mismo—. Así es siempre.

Cuando Nate se separa ve que su figura empieza a perderse entre las sombras de las casas de la calle Canyon y una sensación de orfandad se apodera de él. Eso es lo que no quería sentir y por eso había evitado tanto tiempo la noche. Presiente un ruido dentro de su cabeza, pero a la vez oye en el aire un agitar de alas en vuelo; no quiere subir la mirada porque la experiencia ya le ha enseñado que podrían ser murciélagos. Se detiene en el cruce de su avenida y una calle que no es Canyon para preguntarse si tiene sentido seguir por Broadway para buscar a una chica con la que habló ya hace unas horas y apenas unas cuantas palabras, una chica que ni siquiera sabe si estará allí donde le dijo que estaría. Debe de haberse ido ya, piensa, o quizás está en algún lugar entre esas calles y bares y discotecas que él no podrá ubicar jamás. Duda y se queda parado. Evita mirar las luces de los postes o de los autos. Tiene miedo, de modo que prende un cigarrillo para esquivar el temor y paliar la soledad, y después de un par de caladas así, de pie, exhala un suspiro y se convence de que, finalmente, está a pocas cuadras del Trilogy, no es para dramatizar, si no la encuentra no habrá pasado nada grave e igual la podrá ver en la próxima clase que lleven juntos, donde comentarán lo que pasó y él se justificará y hasta podrán reírse.

Mientras avanza cobra conciencia de que es un disparate: camina solo en la noche rural del estado de Colorado en busca de una chica de la que ni siquiera sabe cuántos años tiene ni de dónde es ni nada. Un auto pasa a toda velocidad por la avenida y la visión repentina de sus luces que barren la pista lo lleva a imaginarse que es algo así como esos personajes de Bruce Springsteen que deambulan por ciudades o suburbios norteamericanos sin temor a nada. Todo es nuevo en este nuevo mundo, se dice. Todo espera por él. De modo que al cruzar la calle Walnut y acercarse a la Pearl le parece irónico el contraste entre la euforia que se ha despertado en su interior y el clima de clausura de todos los bares y locales en los que antes había fiesta y ruido. Se convence de que debe llegar cuanto antes a la plaza del edificio de la Gobernación y al tiempo que se lo dice se da cuenta de que está caminando rápido bajo las luces mortecinas de la calle Pearl. Y luego, de que empieza a trotar ligeramente.

Después es que corre. Y al hacerlo tiene la sensación de que alguien o más bien algo lo sigue. Corre cada vez más de prisa mientras se repite mentalmente el nombre del lugar al que va y varias veces también el nombre de ella, como si no quisiera olvidarlos o como si estuviese realizando un conjuro que permitiera que ambas cosas se aparecieran delante de él. Corre sin escuchar el sonido de sus pasos sobre la acera peatonal vacía y sintiendo al final que un espectro lo sigue. La dirección de marcha debe de ser correcta, porque más allá hay un parque abierto que se despliega entre la calle Pearl y las calles trece y catorce, y en cuyo centro se yergue, marmóreo, el edificio de la Gobernación, y más allá, con las luces encendidas, un teatro donde sabe que ha tocado Lou Reed, Bob Dylan, Joni Mitchell o el propio Springsteen. En la calle del parque que da al flanco del que vino ve un local instalado en el primer piso de lo que alguna vez fue una casa grande en tiempos del lejano Oeste; en la parte alta de la fachada aparece el nombre que se ha repetido durante la noche en letras que pretenden ser medievales, bajo el cual un grupo nutrido de chicos y chicas fuman y conversan en el idioma de este país. El Trilogy.

Se detiene agitado, el corazón golpea contra sus costillas. Mientras va recuperando la respiración piensa qué le tocará hacer y a la vez se empieza a sentir solo y también desprotegido. Sería tan fácil entrar allí junto a Nate, pero Nate no está. Ahora es él solo contra lo que tiene delante. Se está diciendo eso al caminar hacia el lugar con actitud resuelta y toma aire sin que nadie se dé cuenta, acerca sus pasos a la puerta exterior para pagar su entrada cuando, ya a punto de franquearla, un hombre alto y rubio, con el pelo recogido en una cola, sale de entre las sombras para ponerle un brazo a modo de tranquera, cerrándole el paso.

—¿A dónde vas, amigo? —dice el hombre—. No puedes entrar.

—Alguien me espera adentro —intenta defenderse él.

—Muy tarde —le responden—. Lo siento.

Los ojos azules del hombre se depositan en los suyos y él voltea el rostro para evitarlos. Se queda mirando a unos chicos que conversan entre ellos mientras terminan de fumar a su lado y ve que dos pisan sus puchos sobre el piso y regresan para pasar por la misma puerta por la que él está impedido de cruzar.

—Ellos ya habían entrado antes —le dice el hombre, a modo de explicación.

Y luego de eso no añade nada.

De modo que eso era. Una vez más. Reconoce la sensación, pero no quiere detenerse en ella. Se da la vuelta y se aleja de la puerta y cruza la pista hacia los jardines del edificio de la Gobernación, pero algo lo detiene y de pronto se para allí, de cara al local que no le permite el ingreso, en un estado de latencia o de vacío, de nada, mirando casi sin mirar el sitio al que demoró en llegar y al que paradójicamente no puede entrar. Una intuición de ardor le llega de muy lejos y no quiere de ninguna manera que lo alcance. Mientras saca un cigarrillo se trata de convencer de que no debe pensar en qué hay detrás de todo eso. No quiere pensar en nada que pueda parecerse al lugar del que viene y que acaso no lo abandonará nunca. No quiere pensar en lo que lleva sobre sus espaldas sino en lo que podría existir más adelante. De modo que se queda parado frente al sitio al que está impedido de entrar y se dice que va a pensar que la razón de todo es la hora (llegó tarde, esa es la explicación lógica), y a la vez empieza a proyectar la ruta que realizará para volver a casa y a pensar en lo que le espera mañana y pasado mañana como parte de las clases y los trabajos. Ojalá esta noche no lo acompañe ese pitido inestable junto al que se queda dormido. Ojalá que esas luces que han aparecido detrás de sus ojos sean solo algo de esta noche. Está terminando de prefigurar una ruta de regreso a su cuarto cuando ve que de la puerta de la discoteca o el bar o lo que sea que el Trilogy es, sale un grupo de personas que se dispersa en diferentes direcciones y dentro del cual hay dos chicas que se separan del resto y miran el piso de la calle, porque una de ellas parece haber perdido un arete. Se recoge el pelo y le dice algo a su compañera con un aire entre divertido y resignado. Le cuesta un tiempo reconocerla, pero sí, es ella, y al hacerlo su aparición le parece lo más natural del mundo y a la vez un evento sobrenatural. ¿Es ella realmente? La chica sigue mirando el piso y compone un gesto inolvidable con los labios fruncidos sin darse cuenta de la presencia de él, que la mira un rato, perplejo. Cuando levanta la vista y ladea la cabeza, él teme ser invisible pero ella lo reconoce, lo reconoce y le muestra levemente el cuello como si fuera un animal que busca luz fuera de su caparazón, solo que este animal tiene los ojos más negros y grandes que toda la noche.

—Llegas recién —le dice en español.

—Lo sé —le contesta, liberado a su idioma.

Y es ahí, él no lo olvidará, cuando la sonrisa de ella junto a la oscuridad de sus ojos apague de golpe todas las luces de todos los postes de alumbrado de la calle trece y la Pearl.

—Pensé que ya no venías —dice ella.

—Pues aquí estoy —dice él.

Ella ha bajado la mano delgada que cubre su oreja y el lóbulo desnudo ayuda a resaltar la otra, que aún lleva un objeto pequeño, de un brillo tenue pero persistente. Igual le llama la atención la oreja desnuda, y también los cabellos recogidos detrás de ella, negros como el cielo a esa hora y a vez lacios y finísimos. Se detiene también en el dibujo involuntario de sus cejas y la sombra de sus labios sobre su mentón. Ambos se sonríen como si entre ellos se interpusiera la mesa en la que, una vez por semana, discuten de novelas del siglo XIX, pero esta vez no hay nada que los separe. Ella voltea a decirle algo a su amiga en un idioma que parece francés, pero que a la vez suena diferente. Hablan de asuntos que él no puede entender porque no conoce la lengua y luego ve que las dos chicas se toman de las manos, se dan dos besos en la mejilla a manera de despedida, como si estuvieran en Madrid o Zaragoza y no en el medio oeste. Siguen tomadas de las manos unos segundos más y después se separan.

—Se queda contigo —le dice la desconocida, en inglés—. Cuídala.

—Lo haré —responde él.

Y esa será la última frase que pronuncie en ese idioma durante toda la noche.

—Ya cerró el Trilogy —le dice ella cuando llega a su lado, tras haber disimulado muy bien cómo sus pasos se ladean de manera casi imperceptible por la calle. Lo ha hecho en español. Su acento, sin embargo, es indefinible.

—Eso supe —responde él. Y trata de que su voz no suene molesta.

Ella da un par de pasos en dirección a la calle Pearl, como si buscara claridad en el aire de la noche y él la sigue sin saber si está realmente con ella o solo la está escoltando un trecho corto hacia algún destino ya trazado, sea un paradero, un taxi o la puerta de su casa.

—Conozco otro sitio —le dice de pronto ella, y después mira hacia el piso que dejaron atrás como si creyese que, desde ese nuevo lugar y bajo esta nueva luz, sería posible encontrar lo que le falta en la oreja. No lo encuentra y eleva la vista hacia él—. ¿Te gustaría venir?

No tiene idea de cómo le dijo a ella que sí, pero lo cierto es que los dos caminan por la calle casi desierta que es Pearl a las dos de la mañana, la hora en que oficialmente cierran todos los negocios de Colorado y los estudiantes y no estudiantes regresan a sus dormitorios, a sus casas o a sus condominios. A él le cuesta creerlo. No tiene idea de a qué sitio se refiere. Camina a su lado y no le es difícil ver que ella tiene el cuello muy delgado a solo un metro de él, las manos metidas en su chaqueta sobre el polo de tira que él vio en el bar deportivo. Él no podría decir en qué parte de la calle Pearl están y se está dando cuenta recién de que ella está un poco más tocada por el alcohol de lo que al principio parecía. Le dice que estuvo en la colina con unos amigos pensando que el Trilogy estaría allí, y ella explota en una risa que la lleva a mover la cabeza hacia arriba y él la mira y retiene esa imagen y se dice que no la olvidará nunca.

Mientras siguen avanzando y hablando, él percibe con cierta perplejidad el perfil desierto de la calle Pearl como no lo ha visto nunca: le parece estar planeando a través de los negocios cerrados sin luces interiores, las bancas verdes solitarias, los puestos de kioscos ahora vacíos de periódicos y revistas, esos postes tan anchos en que se colocan afiches de colores vistosos que anuncian los conciertos que se aproximan en los teatros de allí, desde Regina Spektor a M. Ward, y las siluetas de esas esculturas de animales del lugar —caracoles, mariquitas, topos— dispuestos sobre ciertas zonas de arena y sobre los que, en las tardes, los niños se suben a jugar pero que ahora, al amparo de las sombras de los árboles, parecen más bien animales agazapados al acecho. «¿La colina?», le repite ella, y él cree darse cuenta de que su acento suena a orilla y a sal, a un lugar donde la tierra y el mar se encuentran, pero ella le comenta con ese acento imposible que hace unos años también ella iba a la colina pero ya no, y cuando él pregunta por qué ella solo sonríe y mueve la cabeza en un gesto casi resignado. Le encanta la sensación de tenerla al lado, de tener a alguien a su lado y todavía más que ese alguien sea precisamente ella. De cuando en vez es consciente de la cola de su pelo azabache y los mechones que se extienden por su cuello, su nariz romana, los brazos dentro de su chaqueta de invierno. Ella le informa que la colina no es para chicos de su edad, él es mayor, ¿cierto? ¿Qué edad tenía? ¿Ya había pasado los treinta? Él afirma.

—Qué bieeen —dice ella, con esa manera que alargar las vocales que a partir de ese momento, para él, resultará irresistible—. Los chicos de mi edad…

Y se queda callada, como si reprimiese algo. Se ha arrepentido.

—¿Los chicos de tu edad…?

—…Van a la colina —dice ella, y se ríe.

Él se siente un poco mal por haber estado allí y está barajando la idea de decirle que fue idea de Nate, cuando de golpe ella se detiene y le dice que ya llegaron. Después de eso le pregunta si no le provoca un cigarrillo y él le dice que sí, pero cuando saca su cajetilla ella descubre la suya y al hacerlo notan que ambas son de la misma marca y del mismo color. Las dos tienen el mismo fondo esmeralda con la imagen de un indio nativo de piel muy oscura que toca un instrumento y cuyo color contrasta con la fosforescencia del fondo: *American Spirit*. Ambos se ríen, sobre todo porque a la cajetilla de él le queda solo un cigarrillo y la de ella está casi llena. Él se pregunta si eso significa que la noche durará más de lo que él podría esperar.

—No están mal —dice ella, después de dar la primera calada al pucho, interrumpiendo los pensamientos de él—, pero es verdad que es la marca de cigarrillos más demagógica de todo este país.

Él no entiende lo que ella ha tratado de decir.

—¿Has visto a un solo nativo o indígena en el tiempo que llevas aquí? —dice ella—. ¿Has visto uno en las calles o en las clases?

—Creo que no —responde él.

—¿Lo ves? —dice ella, soltando el humo—. El espíritu de América es el espíritu de lo que no existe. Están solo los nombres de los sitios como si fueran fantasmas: Arapahoe, Chautauqua, Folsom...

Él vive precisamente en una de esas calles con nombres nativos. Piensa si tiene sentido decir algo.

—Pero ya sabes —dice ella—, para todos los que fumamos resulta que *ellos* son el espíritu de este país.

—...

—El espíritu de América es lo que está muerto o lo que ya ha sido aniquilado.

Él trata de decir algo inteligente o novedoso, algo que Nate diría en su lugar, pero nada se le ocurre. Lo que termina haciendo es ver cómo los labios de ella se cierran sobre la cabeza rubia del cigarro y la forma en que su aspiración enciende el ascua delante de sus ojos para apagarse después. Con un aire que pretende ser divertido, él le pregunta cuál es el sitio al que finalmente se supone que acaban de llegar. Ella abre los ojos negros e inmensos por la sorpresa, le pasa el cigarrillo y le hace un gesto con la cabeza para que mire hacia la pequeña escalera exterior de una casa que se interna hacia abajo y da a una puerta cerrada que parece conducir a un subterráneo. Sobre ella se lee una inscripción apretada con letras funerarias que dice Catacombs, las catacumbas. Y cuando él se detiene por un segundo para probar si le están tomando el pelo, percibe con claridad que detrás de esa puerta hay una agitación.

—Catacombs es el lugar de los insomnes —le informa ella—. No sé si es un antro, ¿sabes?, pero es el único sitio abierto a partir de estas horas. Antes, cuando prohibieron fumar en espacios interiores, este era el único sitio que se saltaba la regla y en el que uno podía fumar; ahora que ya no puedes hacerlo ni aquí, igual es el único que se queda hasta las cuatro de la mañana e incluso más para quienes se quedan adentro o conocen a los dueños. Y yo los conozco. Se llaman Matt y Keith.

Josefina ha dicho eso y le pide el cigarrillo para fumarlo. Un brazo suyo, el derecho, se dobla sobre el otro, que sostiene el cigarro con la muñeca doblada hacia el exterior en una postura que a él le hace pensar en Audrey Hepburn.

—¿Hace mucho tiempo que llegaste aquí? —pregunta él.

—¿Adónde *aquí*? —dice ella—. ¿Al país? ¿A Colorado? ¿A Boulder?

—No lo sé. A todos.

Ella lo mira como sorprendida por la pregunta.

—Uuuuuuf. Yo soy *prácticamente* de aquí.

—…

—Es decir… Hice parte de mi colegio primario y toda la escuela secundaria *aquí*, en Boulder, y después hice casi toda la universidad en CU, *aquí*. Creo que me siento de aquí. Voy a esas clases contigo porque el profesor que tenemos me enseña en el pregrado y me están tratando de convencer de llevar la maestría y el doctorado en el departamento de ustedes. Pero no estoy segura.

—¿Por qué?

—No sé, sería demasiado tiempo en este lugar. Llevo aquí desde que tengo ocho años.

—¿Y antes dónde estuviste? —pregunta él—. ¿De dónde eres?

—Yo soy de *aquí* —dice ella.

—…

—… pero nací en Trinidad.

Él se demora un poco en encajar el rostro de ella con esa palabra.

—¿Trinidad… y Tobago? ¿La isla?

Josefina se ríe. Le da una larga calada al cigarro. Exhala.

—Al menos la reconociste —dice—. No todo el mundo lo hace, ¿sabes? Mi familia paterna es de ahí, ellos tienen algo de bengalíes y un poco de españoles. Mi papá es trinitario. O *era*. La verdad es que no lo sé.

De pronto ella aspira con fuerza el humo del cigarro y lo expulsa con determinación hacia el cielo, como si quisiera que el humo apagara de golpe todos los astros.

—Mi madre, en cambio, es francesa. Los dos se conocieron en Puerto España, allá en Trinidad, y luego se instalaron en Surinam y después en Venezuela. Yo llevé clases allí de niña, por eso hablo el español así. No dabas con mi acento, ¿no?

—La verdad es que no. No es del todo venezolano.

—Lo sé —dice—. Mis padres estuvieron en Venezuela un tiempo hasta que todo se pudrió y los que quedamos nos vinimos a Colorado. Llegamos *aquí*. Desde los ocho años vivo en este lugar. Con mi madre, su segundo esposo, mi hermano menor… —Josefina parece pensar en algo pero lo deja ir—. Somos dos hermanos. Entonces, aunque no parezca, soy de aquí.

—No te imaginaba de aquí.

—¿No?

—No.

—Pues sí, soy de aquí.

—…

—Ciudadana norteamericana.

Sin darse cuenta, él ha bajado un escalón de la escalera que los dirigirá al lugar al que van y desde allí ve más alta la figura de Josefina contra las luces de la calle peatonal. Ella le alcanza el cigarrillo.

—Pero más allá de todo eso soy de aquí, de Boulder —dice ella—. O me siento de *aquí*.

Él no dice nada, pero se pregunta si es eso lo que quisiera para sí mismo. Terminar como ella siendo de este país. Dejar el otro atrás. Sentirse de este lado.

—¿Es francés lo que hablabas con tu amiga? —pregunta.

—Sí, un tipo de…

—¿De dónde es ella?

—¿Phoebe?

—¿Así se llama?

—Sí. Phoebe. Es de las Antillas francesas.

—Ajá.

—Me cuida mucho —dice Josefina.

—Se nota.

Y luego de eso no sabe cómo continuar.

Josefina conoce a mucha gente y es de demasiados sitios, y todos los ocupa plenamente; él siente que no es de ninguno y no conoce a nadie. Ni siquiera sabe muy bien cómo sentirse en este momento porque de alguna manera todo ha pasado muy rápido. Apenas media hora antes ella era solo un fantasma y ahora está delante de él. La mezcla étnica de la que ha hablado podría explicar su color de piel, la sutileza de sus rasgos, la delicadeza de su cuello. Más allá de la silueta de su hermosa cabeza, él alcanza a ver los negocios y locales vacíos de la calle Pearl y piensa por un momento que, a partir de ahora, esos mismos espacios que antes no significaban nada pasarán a construir una parte de su memoria personal. Cuando pase por aquí una mañana o una tarde o incluso otra noche y encuentre estas mismas casas o estos mismos árboles o estas esculturas, todos estos elementos albergarán un recuerdo de lo que está pasando ahora, una imagen que le pertenecerá a él, que será *suya*, pase lo que pase de ahora en adelante. Era maravilloso empezar a tener un pasado emocional. Porque si alguna vez él se detiene ante esta casa de la calle Pearl y descubre esta pequeña escalera, sabrá que él y una chica absolutamente única llamada Josefina fumaron cigarrillos American Spirit a la espera de que les abrieran un local clandestino en el que se internarían para no terminar la noche.

—Ella se va a ir a la costa este, tiene familia en Rhode Island… A ratos a mí también me dan ganas de irme a otro Estado, sobre todo a uno en el que haya la posibilidad de ver el mar. Pienso mucho en eso, ¿sabes?, pero también pienso luego que puedo tomarme las cosas con calma, ¿no crees? Quizás no esté tan mal seguir aquí. Me gusta esta universidad.

Él le da la razón. Le dice que de todas maneras podría quedarse en la universidad, y al hacerlo intuye que lo que más anhela ahora es que Josefina se matricule en su programa y que, en el futuro, puedan al menos seguir son-riéndose en algunas clases el próximo trimestre. Podrían conocerse un poco más, ser amigos, salir juntos a conocer los alrededores, pasear por todo el condado y acaso por la llanura e incluso más allá de las montañas. Piensa en todo eso, pero no se anima a nada. Mira cómo caen las cenizas sobre el suelo al lado de sus sandalias, unas sandalias que brillan y contrastan con la piel desnuda de sus pies.

—¿No tienes frío? —le pregunta.

—Para nada —dice ella—. Estoy acostumbrada.

Esa fue una de las primeras cosas que le llamaron la atención cuando la estación y el clima empezaron a cambiar. Los primeros días de vientos fríos vio a algunas chicas en sandalias o sayonaras, como si estuvieran en verano. Un compañero español las miró y le hizo un comentario que le hizo gracia: «Esas tías son de Montana».

—Aunque ahora que lo dices…, un poco, sí.

Pisa la colilla suavemente y desciende la escalera.

—Vamos.

Al pasar a su lado despide por primera vez su olor sobre él. Es un olor magnético que le hace pensar en sitios lejanos, mezcla de almizcle y canela con una especie de arena delicadamente cernida. *Per-di-do*, recuerda a Nate, y espera a ver si ella logra que ingresen a un local al que de ninguna manera entraría solo.

La escalera desciende a la oscuridad para descubrir un ambiente de viejo club de jazz o de antiguo cabaret de moribundos. En la puerta, Josefina habló con alguien que aparentemente no la reconoció y, después de un momento, con un segundo hombre que sí le dio acceso. Él entró detrás de ella. Bajaron con cuidado de no tropezar y a mitad de camino a él se le abrió la visión de todo el local: a la izquierda, la barra con algunos tipos solitarios vueltos hacia ella tomando y hablando, y algunos otros mirando con aire ausente la pista de baile muerta; más allá, un escenario vacío sobre el que no hay instrumentos ni micrófonos ni cables; a la derecha, pegadas a las paredes en que se ven afiches e imágenes irreconocibles, se despliegan algunas mesas oscuras y otras iluminadas por pequeñas lámparas que parecen agonizar, ocupadas por parejas sigilosas, tipos hablando de cosas que podrían ser secretos o gente sola, quizás a la espera de alguien. El piso casi no se distingue, pero la silueta oscura de Josefina sí, y él la sigue a través de la pista vacía hasta una de las mesas con luz pegadas a la pared. La ve sentarse y se sienta frente a ella. La pequeña lámpara de centro despliega un brillo discreto. La temperatura es alta, de modo que cuando Josefina se quite la chaqueta y quede en el polo blanco de tiras sentirá un leve mareo ante la visión de sus hombros morenos.

—Bueno, esto es el Catacombs.

Él está por comentar algo sobre el lugar, aunque todavía parece cegado por la línea del cuello que desciende hasta sus brazos desnudos. Ella va a decir algo cuando un chico de cara redonda y ojos pequeños llega hasta la mesa y les pregunta, con esa entonación de animador de televisión que tienen todos los meseros de este país, si se servirán algo. Antes de que ella conteste, él puede ver que es una perla lo que adorna su oreja cubierta.

—A mí un kir —dice ella—. ¿Tienen?

El chico no parece saber a qué se refiere y ella rápidamente aclara que es un *cocktail* de vino blanco con crema de cassis, un fruto morado espléndido. El chico le hace gestos de que entiende perfectamente de qué trago habla, pero le pide un momento para ver si tienen.

—¿Un kir? —pregunta él.

—Es delicioso —le dice ella.

Y sonríe.

Luego de eso voltea hacia la barra y él mira su perfil ladeado y la manera en que se ha llevado una mano del lado alto del cuello, bajo uno de sus mechones. El chico vuelve.

—No tenemos cassis —les dice.

—¿No?

—Lo siento.

—Entonces una margarita —dice ella. Y luego, con aire divertido—: Tendrán tequila, ¿no?

—¡Claro que sí! —responde el mozo, contento.

—A mí dame lo mismo —dice él.

—Él quiere lo mismo —dice ella en inglés.

Él se da cuenta de que hizo su pedido en español.

—¿Y tú? —le dice ella a él en el idioma que ambos manejan por igual una vez que el mozo se va—. No me has dicho nada sobre ti. ¿De dónde eres?

Sabía que este momento tendría que llegar, tarde o temprano. Eso era parte de lo que temía.

—¿Eres peruano? —le escucha decir a ella.

Se queda en silencio un par de segundos.

—Sí —responde al fin.

Intenta añadir algo más pero no puede. Luego fuerza una sonrisa, pero siente que se corta y sale desfigurada.

—Me di cuenta —dice ella, algo más seria—, es el acento…

—¿Tenemos? —dice él, y ahora se imagina que debe tener una cara de imbécil, aunque no le importa—. Nosotros creemos que no, ¿sabes?

—Sí. Tienen —dice ella, dándole un respiro—. Es difícil describirlo, es verdad. Me he dado cuenta mejor de cómo es escuchándote a ti y comparándote con todos los otros acentos de la mesa en la clase. Es como una música al principio medio indescifrable, que tiene subidas y bajadas, y que al final es como una onda. En Brasil le dicen «ondas» a las olas del mar. Suena a algo así. A mí me encanta…

Aprieta un poco los labios, ladea la cabeza y se toma la nuca.

Él mira a un lado en busca de gente sentada en sus lugares, estén hablando o no. Dos hombres conversan a un lado de la barra, otro está preparando unos tragos, seguramente los que ellos pidieron.

—¿Eres de la capital de tu país? —pregunta ella.

Es una pregunta que no se esperaba.

—Sí —le dice.

—Se llama Lima la ciudad, ¿no? ¿Es así?

—Sí.

Al lado de ellos, pegado a la pared, hay un cartel con una imagen poderosa. John Coltrane arremete su saxofón con los bofes llenos de aire como un enorme anfibio croando en la oscuridad. La mira unos segundos y luego ve que más allá, a la altura de una mesa desierta, hay otro afiche con una imagen de Miles Davis en la que parece un enorme insecto palo o una calavera que viste una camisa de colores apenas sostenida por sus huesos, con unos lentes de sol que podrían ser parte de su propio sistema óseo. Lo mismo se puede decir de su trompeta, un hueso de oro salido de su esqueleto.

—¿Y tus padres? —escucha la voz de Josefina.

—¿Perdón?

Vuelve sus ojos a la mesa y la ve.

—Tus padres. ¿Son también de Lima?

Coltrane sigue allí, hinchado como un pez muerto. Miles también, en sus huesos. No puede voltear a verlos.

—No —responde.

Josefina lo mira como si no hubiera acabado su respuesta.

—Del *interior*.

—Ajá —dice ella.

Luego de eso, nada. Él no dice nada y Josefina lo observa y luego flexiona el cuello y después mira hacia la barra. Él se da cuenta de la finura de su cabeza y se detiene en la perla. Ella regresa la mirada donde él y en el punto en que estaba antes su oreja ahora se encuentran sus ojos negros, que lo miran con intensidad. Sabe que ella espera algo más de información, o al menos tanta como la que ella le dio arriba, antes de entrar al local.

—De un lugar de los Andes.

—Entiendo.

—De un pueblo —añade él—. Hay muchos.

Del otro lado de la mesa ella todavía parece esperar un poco más, pero lo único que llega es el mozo con dos copas de margarita. A él se le ocurre compararlo con Todd y siente unas ganas torpes de reír. Entiende por qué este chico y Todd trabajan cada uno donde trabajan. El mozo de cara redonda trata de coger cada trago con presteza y ponerlo sobre la mesa. A él le sorprende la amplitud de cada copón y el brillo de la sal sobre sus contornos.

—Nos pasaron una película sobre Perú, ¿sabes? —dice Josefina—: Se veía una ciudad entera, debía de ser Lima, a oscuras, en *blackout*. ¿Cómo le dicen ustedes al *blackout*?

—Apagón.

—Eso, apagón. Se veían las velas prendidas dentro de las casas, ventanas con *masking tape* para que no explotaran en cualquier momento por las bombas, la imagen de unos edificios carbonizados por los estallidos de los terroristas, y una hoz y un martillo inmensos prendidos de la ladera de una montaña que parecía importante. Esa montaña estaba en la ciudad, ¿no es verdad?

—Sí, estaba.

—¿Tú viviste eso? —pregunta ella.

—Algo —dice él, esquivo—. Era un niño.

La débil lámpara de la mesa parece rescatarlos de la penumbra. Hay imágenes que preferiría que existan en su cabeza de ese modo, como una película, como algo que pasó en un país que no es el suyo, en una ciudad ajena.

—Salud, peruano —dice ella, levantando su copa llena.

—Salud —dice él, y levanta la suya.

La mezcla de sal del filo de la copa y el sabor dulce por el azúcar con que han mezclado el tequila le produce una ligera exaltación, un relajamiento de los sentidos al que quisiera arrojarse. Los dos comentan el sabor. Él le dice que nunca ha tomado un trago así. Hay un par de sitios de bebidas mexicanas en la ciudad de la que viene, pero él no había ido nunca. En Perú solo se consume pisco para darles la contra a los chilenos, porque los peruanos siempre sienten que los del sur les están robando algo, pero la verdad es que sobre todo se toma cerveza. Ella le dice que hace unos años se aficionó a este trago mexicano y que muchas cosas mexicanas le gustan. Además, le han dicho que también tiene propiedades especiales.

—¿Qué propiedades? —pregunta él.

Ella solo se ríe. Le da un sorbo al suyo y él hace lo mismo.

—No sé tu nombre —le dice de pronto, en un arrebato—: Es curioso, ¿no crees? Estoy en plena madrugada saliendo con un chico que no sé cómo se llama.

Piensa en la palabra que acaba de usar ella, *saliendo*, y se pregunta si acaso se puede considerar que esta noche han empezado a *salir*.

—No vas a adivinar cómo me llamo —se lanza él, y se da cuenta de que su tono ha sido coqueto y se dice que el efecto de la margarita lo ha alcanzado antes de lo previsto.

—Sabes muy bien que no voy a dar nunca con él —se ríe ella.

—Es verdad —dice él. Y entonces le da un sorbo más a otro de los bordes de su copa.

—Tu apellido sí lo sé —dice ella—. Lo dice el profesor todo el tiempo cuando empiezan a hablar de las novelas y quiere que tú digas algo que anime el debate porque eres su preferido.

Él se sonríe.

—¿Es Alasha?

Ahora sí se carcajea cuando ella imita la dicción del profesor uruguayo:

—*A ver, Alashaaaaaaa* —se ríe ella.

—Él lo pronuncia así —dice él, con miedo a atorarse de la risa.

Después de eso se calma. Y ya tranquilo, le explica:

—Es Alaya. Con Y griega.

—Muy bieeeen —dice ella—. Alaya. Ya tenemos el apellido del peruano. Nos falta el nombre.

Josefina lo mira y él hace una pausa porque al principio se resiste a decirlo y luego comprende que es inevitable, pero aprovecha el silencio para darle un efecto artificial. De modo que lo pronuncia suavemente, como si se tratara de un secreto. Y ella lo recibe con los ojos abiertos.

—Sí que es un nombre —dice—. Tiene misterio… Y además suena marino, más allá de que sea claramente literario. El nombre de un hombre que ha hecho un largo viaje por el mar.

—Por eso quizás he llegado hasta aquí —dice él.

—¿Y para qué has venido desde tan lejos? —dice Josefina.

—Para vivir *esto* —se lanza él—, para estar *aquí*.

Josefina parpadea y se toma la nuca con una de sus manos, luego se acaricia la oreja desnuda. Él se está arrepintiendo mientras ella se lleva la copa a la boca más para cubrírsela que para beber. Después la ve dejarla sobre la mesa para decirle que la espere un momento, que ya viene. Él piensa cómo retroceder, pero ella coge su cartera y su chaqueta algo apurada y se pierde hacia los baños. Al verla de espaldas se da cuenta de lo femenina que es y siente también cómo el terror se apodera de todos los nervios de su columna vertebral. No hay música en el local a pesar de todas las alusiones al jazz. Josefina se ha ido y apenas se queda solo en la mesa absorbe el remanente del olor que ella ha dejado sobre el ambiente. Una chica caribeña crecida en Venezuela y obligada a hacerse en los Estados Unidos, con sangre india, latina, francesa, quizás negra, y al menos el dominio de tres idiomas que habla a la perfección. Él es tan solo un peruano. Es todo lo que es.

El mozo se acerca a la mesa y él descubre que su copa está casi vacía y también la de Josefina, no recuerda en qué momento se las tomaron. Atina a hacer un gesto nervioso con la mano de dos más y el mozo se retira. Al cabo de unos minutos, Josefina sigue sin aparecer y él se los ha pasado mirando los carteles de los músicos cercanos y de aquellos que se encuentran más lejos —Sonny Rollins, Chet Baker— mientras se pregunta qué ha podido ocurrirle a su compañera. Se dice que tal vez ha tenido un percance en el baño, o se ha encontrado con alguien en el camino, o le ha provocado salir a fumar como a él le provoca ahora y lo hizo sin llamarlo, o si lo llamo él no lo notó porque observaba como un tarado los pósteres. Todo eso es posible. Podría haberle pasado también que la mezcla de este trago con otros que tomó antes en el Trilogy le sentó mal y por eso ha sufrido un accidente; quizás sería mejor levantarse y preguntarle a alguien dónde quedan los baños. ¿Y si se cruzaban? Se queda donde está porque además el mozo le trae las dos copas de margarita. Luego de un par de minutos se forma en su mente la idea absurda de que tal vez ella ha huido por una puerta oculta, una de escape, con su cartera y su chaqueta y todo por razones que él no se quiere imaginar. Se dice que no, pero con el paso del tiempo la idea absurda ya no lo parece tanto y siente un miedo sólido y sobre todo una humillación anticipada ante la posibilidad de que algo así ocurra. Trata de sonreír, pero no puede. Piensa en uno de esos cuentos derrotados de Julio Ramón Ribeyro que leía en la universidad cuando tenía la edad de ella. El cuento le está pasando a él y terminaría con la triste perspectiva de tener que pagar los tragos no bebidos. Posiblemente Ribeyro le habría quitado la billetera al personaje y él no tendría cómo saldar la deuda. Cierra los ojos. Tremendo recorrido hasta tan lejos para vivir una aventura nocturna patéticamente limeña. Ha llegado a la mitad de su primera copa y ha decidido tomarse la de ella e irse a casa caminando. Tiene la vista hundida en la superficie de la mesa a la espera de que —como en un cuento de Ribeyro— aparezca un insecto de alas rotas que se arrastre penosamente por la mesa para lanzarse al vacío desde el borde.

—Lo siento —dice una voz.

Es Josefina.

—¿Estás bien? —dice él.

El alma o algo que podría ser su espíritu le vuelve al cuerpo. El inmenso alivio de tenerla de vuelta y de que se conjure de golpe todo lo que elucubró se corta de una manera abrupta porque descubre que ella tiene los ojos rojos y algo líquidos, señal de que quizás ha llorado. Su pecho se agita sobre el pequeño polo de tiras y antes de que él pueda decir nada ella hace un gesto con la mano deteniéndolo. Es ella la que quiere hablar.

—Mira, peruano —le dice, y su voz es totalmente diferente, parece ajada o como si fuera el revés de una hoja llena de nervaduras—: No quiero hacer algo malo o algo que no esté bien. Es decir, no quiero hacer algo que se interprete mal y que por eso todo se malogre, ¿entiendes? Es decir… —hace una pausa, trata de ordenarse—: Me pareces chévere, se dice así en Perú, ¿verdad? ¿Chévere? —no espera su asentimiento—. Desde que te he visto en clases me lo has parecido, me has parecido un chico o un chamo chévere pero no es tan sencillo. Supongo que solo tengo un poco de miedo. No es para nada lo que yo esperaba. Esta noche yo solo salí con unas amigas a ese bar y cuando te vi me acordé de lo bien que me caes en las clases, no es que piense en ti demasiado o nada de eso, no quiero alarmarte. Es solo que recordé lo feliz que me pone saber que estarás antes de entrar a la sala de audiencias para pasar esas dos horas de la semana en esa mesa, aunque no entiendo muy bien por qué, como tampoco entiendo exactamente todo lo que dicen. No he llevado cursos de teoría literaria. Igual me gusta el curso y me gusta en parte porque estás tú y dices cosas graciosas y a veces también algo agudas, y me haces sentir bien. Hoy tomé un poco de más al empezar la noche y por eso cuando salí del bar y caminé un poco y te vi en el otro local no sé por qué algo me animó a ir hacia ti y a decirte que estaría en el Trilogy. Una tonta. No sé por qué lo hice. Es decir, me caes muy bien y me pareces un chico al que me provocaría conocer, pero eso no debe significar mucho más en este momento, ¿entiendes?

—Creo que entiendo —dice él, pero no lo entiende del todo.

—No sé si me estoy adelantando mucho, pero es que tengo una vida complicada y no sé bien si podría complicarla más. Tampoco sé cuánto podría complicártela yo a ti. Eres el más chévere de esa clase. En verdad eres el más chévere de todas mis clases —Josefina se ríe, pero en esa risa hay un dejo de tristeza y algo, también, de amargura—. La mayoría de chicos del pregrado y de las fiestas están en otra cosa, no sé, piensan solo en el éxito y en ellos… Eso los menos idiotas; los más idiotas solo se preocupan en mostrarte lo que tienen o lo que creen que tienen, no sé bien para qué… Es como si tuvieran una ansiedad por algo que no es de ellos, como si no tuvieran serenidad. Son todos esos chicos de la colina. Los que van a la colina, quiero decir…

—Yo fui porque era algo nuevo para mí, que acabo de llegar —se excusa él, e inmediatamente piensa que lo ha hecho de un modo estúpido.

—Lo sé, lo sé —dice Josefina—. Tú precisamente no eres como esos chicos, ¿entiendes? Por eso estoy *aquí*. Hace tiempo sé que no podría estar con alguien de mi edad, un chico de mis clases regulares, digamos… Pero tampoco me he planteado estar con alguien… No sé —Josefina duda, se lleva la copa a los labios, parece tomar impulso—. Hace un tiempo me veo con alguien muy mayor, o al menos muy mayor para mí —dice—. Es un profesor de aquí, de la universidad, pero está casado y tiene hijos. Vivimos algo que no sé cómo llamar. Es algo así como una unión o un vínculo espiritual. Es un hombre mayor, ya resuelto, que tiene las cosas más o menos claras o ya vividas, y que está muy lejos de los chicos que he conocido antes. Lo siento. No sé por qué te estoy contando esto.

—…

—Tú eres mayor, sí, pero no eres tan mayor como él o como esos hombres algo mayores que tú que lo saben todo, y tampoco eres tan solemne como ellos e incluso como los de tu edad… —Ahora es él quien se lleva la copa a los labios—. Te he visto en esa mesa entre todos esos alumnos mayores que hablan español tan bien y que han leído a todos los autores de la literatura en español desde sus adolescencias en sus países de origen, o eso dicen, e intentan decir cosas «inteligentes» y tú no me pareces así. Cuando acaba la sesión y te vas caminando solo me apena un poco la idea de no poder hablar contigo, de no poder decirte lo que pienso yo sobre los libros. Pero no quiero que parezca… No sé. Ya sabes: un fin de semana y los dos en este sitio más allá de las dos de la mañana…

—¿Hace cuánto sales con el profesor? —pregunta él.

—¿Salgo?

—Que tienen algo.

—No —dice ella—. No tenemos nada. Nos *vemos*. Es un vínculo que tiene casi un año y medio, pero nos vemos hace tres meses, aunque nadie lo sabe. Es decir, no somos una pareja ni nada.

—¿Qué es *verse*?

Josefina hace un gesto que revela cierta incomodidad y él se da cuenta de la candidez de su pregunta.

—Lo entiendo, claro —dice él. Siente con intensidad el sabor de la sal. Luego intenta sonreírle a ella y cree que lo consigue. Su mente está en blanco. Baja la mirada sobre la mesa y descubre que tiene las dos manos juntas alrededor de su copa semivacía—. De veras lo entiendo.

—Quizás no me he explicado bien —Josefina hace un gesto con las manos—. Es decir… No quiero que suene, por favor, a que no tengo ganas de conocerte. Tengo. Me gusta ir a esa clase que me intimidaba mucho al principio solo porque sé que estarás allí…

Algo se desenfoca en el ambiente. Y a la vez algo se acentúa.

—Es solo que…

—No te preocupes, Josefina —la corta él, con una voz que intenta calmarla y a la vez calmarse—. De veras lo entiendo. De verdad. Recién nos hemos conocido esta noche y yo he sentido… Podemos ser amigos. De hecho, yo no tengo amigos. Podemos serlo. Hablamos el mismo idioma. Vamos a clase juntos.

—Tú no estás comprometido, ¿verdad? —pregunta ella.

—No —dice él. Y trata de reprimir las ganas de reír por la pregunta.

Pero la risa que se le escapa se le borra de inmediato porque ella lo mira con ojos nublados. La cara de Josefina parece contraerse por lo que debe de ser un nuevo pensamiento al que él no sabe si querrá acercarse: junta sus hermosas cejas como un puente que él sabe que habrá de fijar en su memoria. Luego de eso se lleva la copa para tomarla y él la imita y entonces ambos parecen protegerse uno del otro mientras se miran de soslayo. Hay un silencio que se posa sobre la mesa, un silencio que los sosiega pero que después empieza a latir y que él se ve forzado a romper.

—¿Estás enamorada de él? —pregunta.

—¿Del profesor? —dice ella.

—Sí.

Josefina quiere llevarse la copa a la boca, pero desiste.

—No lo sé.

—Entonces quizás no lo estás.

Josefina se lleva las manos a las sienes, luego las baja, mira hacia la barra o a la pista de baile vacía.

—No lo sé. Yo no tengo ideas claras sobre nada —dice—. Tal vez debo estarlo para aceptar ser la parte que cumplo en su vida y debo no estarlo para conformarme con esta situación. La verdad es que lo conocí hace mucho tiempo y fue lindo. Quizás si te lo cuento a ti te parece cursi, pero fue muy diferente a todos los afanes de los chicos desesperados de la noche. Fue sereno. No había cálculo. O no lo noté. Yo de hecho tenía ideas de adolescente, imágenes de cómo conocía a un chico en una librería o en la presentación de un libro, cosas así.

—…

—Sé que es una idiotez.

—No lo es.

—No lo sé, pero era así. Y más allá de eso mi vida no era tan abierta. Tenía ciertos límites… Lo cierto es que iba con ideas así a un café de la calle Pearl a leer los libros de los cursos del bachillerato. El Trident, ¿lo conoces?

—No.

Se da cuenta de que ha sido cortante.

—No sales mucho, ¿no?

—Casi nada.

—Está aquí, a solo un par de cuadras. Es un café icónico. El Trident. Me gustaba ir y a él le gustaba también. Nos veíamos de lejos y nos saludábamos. Éramos lo que éramos. Un hombre de cuarenta años o más, moreno, guapo, de pelo alborotado, al que siempre veía sentado con sus libros y su café y sus apuntes, y yo una chica de poco más de veinte que era estudiante. Me gustaba verlo. Me gustan los tipos así, no sé, concentrados en algo, y él revisaba diferentes versiones del mismo libro y a veces se pasaba largos ratos mirando por la ventana a la calle, y eso me generaba curiosidad, y de vez en cuando nos pasábamos la voz para cuidarnos las *laptops* cuando uno se levantaba para pedir un té o ver galletas en el escaparate o ir a los servicios. Y así fue como hablamos. No me sedujo. No hubo nada de eso. Me encantaba cómo usaba marcadores de colores en sus libros y la manera en que preparaba sus clases y un día hablamos de un libro que yo leía y, al mostrárselo, él me dijo que le daba ternura que yo subrayara los míos con lápiz y regla, como una colegiala. Luego hablamos de sus clases y de las mías, y me contó que vivía en un suburbio, que estaba casado y que tenía tres hijos. Me los mostró. Creo que eso fue lo que me gustó tanto. La manera en que hablaba de ellos, tres niños en edades escalonadas que iban a la escuela a la que yo fui y cuyas fotos tenía consigo. Un hombre tan preocupado por otras vidas. Y conectamos...

—No me tienes que contar todo —corta él—. De verdad.

—No lo voy a hacer —dice ella—. Lo sé muy bien.

Esta vez es él quien se lleva la copa a los labios.

—La verdad es que no sé cómo llegamos a la situación en la que estamos ahora. Encontrándonos en lugares de paso casi fuera del condado. Es profesor de estudios asiáticos en un departamento que, después de todo el asunto de las Torres Gemelas, entró en una especie de auge, ¿sabes? Ahora todos quieren saber de Asia. Va a conferencias, habla sobre libros, está escribiendo uno. Es indio. De Madras. Después de nuestros encuentros amicales en el Trident me lo crucé una vez en el campus y en cierto momento entendí que iba al café sabiendo que me lo encontraría, esperando eso. Luego todo se desató. Fue intenso al principio, sí, pero luego se fue tiñendo de un poco de vacío y de tristeza. Solemos variar entre distintos hoteles de carreteras que él reserva y al que cada uno llega por su cuenta. No te daré detalles, pero durante el tiempo en que estamos casi nada es sexual. Es en serio, pero creo que es lo menos importante. El tiempo que pasamos allí es como una especie de paréntesis desde el que vemos nuestras vidas. De modo que en cierto sentido no estamos solos: hablamos de los conflictos, él con las autoridades académicas, los comités de revisión de políticas educativas, los colegas llenos de envidia por su trabajo; yo con estudiantes que son mis compañeros y con algunos profesores, con mis padres... Y a veces nos reímos. Y él me escucha. Y yo le hablo de mis ideas o de mi falta de ideas y de mis ganas de hacer algo con mi vida y él de sus proyectos, y en todas esas conversaciones él no me nombra a su esposa, aunque sabemos que existe, pero sí me habla de sus hijos. Mucho. Todos hombres. A veces me mira detenidamente y me dice que parezco india. ¿Parezco?

Josefina ha bajado la barbilla.

—Podrías…

—Eso dice él.

Ahora es él quien mira hacia la pista de baile.

—Igual no va a ninguna parte. Es decir… Siempre supe que no iba a ninguna parte. Y la verdad es que desde hace poco me he ido dando cuenta de que sostener esos encuentros y conversaciones es una carga muy fuerte para él, lo complica mucho, supongo que piensa en todo lo que podría perder si nos descubrieran. Es indio, pero salió de su país para hacer la carrera académica aquí y de algún modo es casi de este país o del mundo académico de este país. No lo puedo entender totalmente porque no puedo entenderme ni siquiera a mí. Lo hablaba con Phoebe y con Isadora, las chicas del bar. Ellas saben. Nuestros encuentros han dejado de ser lo que eran al principio y han perdido ese brillo que tenía vernos entre las mesas en el Trident, y siento que él tiene sus dudas también. No sé si son culpas o remordimientos o simple cansancio, pero creo que tiene miedo y de algún modo evalúa la manera menos complicada de cortarlo. Sé que le gusta mi cuerpo y algo de lo que pienso, pero a la vez siento que cada vez que nos vemos y que nos separamos algo se apaga en mí.

Josefina ha dicho eso y de pronto se ha tomado buena parte de la copa y la ha puesto nuevamente en la mesa.

—Lo siento —dice.

—No tienes nada de qué disculparte —dice él.

Luego él también toma de su copa y se queda en silencio. Los dos así, a ambos lados de la mesa.

—Mira —le dice él—, yo no te conozco mucho y la verdad todo esto no está para nada dentro de lo que imaginaba que iba a pasar hoy. La verdad es que no sé muchas cosas de este país. O quizás nada. No podría nombrarte los Estados que colindan con este Estado y ni siquiera sabía que en unos días se iba a celebrar el Día de las Gracias.

—De Acción de Gracias —le corrige ella.

—Eso.

—Es el día en que los colonos tuvieron un primer encuentro *solidario* con los indios de estas tierras —dice en tono irónico y didáctico.

—Eso, sí —dice él, con acento derrotado—. Bueno, pues no lo sabía. Solo sabía lo que este país ha proyectado de sí mismo a todos los países del mundo a través de las comedias y películas baratas que llegaron hasta adonde estaba yo, y que he visto desde que era niño. He venido hasta aquí solo a tratar de realizar un largo plan cuyo primer objetivo es hacer una maestría y eso es lo que he empezado hacer de la mejor manera que puedo en esta universidad. Y luego de eso lo que quiero es terminarla con un doctorado ya aceptado en otra, una que no sea de esta zona del medio oeste, que la verdad es mil veces mejor que la mejor universidad de mi país, sino una de las buenas universidades estatales de California o, aún mejor, una de esas fuertes que quedan en ciudades como Boston o Nueva York. Quiero tener un puesto de profesor en otra universidad parecida a esas o incluso en una como esta. Y quedarme a vivir en esa universidad. Ese es mi sueño. A eso he venido aquí. A estudiar, a empezar una vida. Una mejor de la que me ha tocado vivir antes. Es eso. Simplemente ocurre que no quiero volver a mi país. No quiero pensar en él. Supongo que se trata solo de eso. Este es apenas mi primer trimestre porque llegué a fines de agosto y he estado muy concentrado en mis clases, y en las novelas de los seminarios que discutimos, y en la lista que tengo que leer para el examen de maestría, y en las clases de portugués que necesito como idioma complementario para graduarme, y no he podido pensar en otras cosas. Pero de pronto es cierto que te he visto en esas clases que compartimos y admito que hay cosas que digo no solo porque quiero intervenir en ellas, sino también porque me gusta hacerte reír o verte reír. Como ahora. ¿Ves? Me gusta verte reír. Eso es todo. Se te ve tan jovencita entre los estudiantes de posgrado y permaneces en silencio en ese extremo de la mesa con esos ojos tan grandes y oscuros que de pronto me provoca eso. Es solo una pequeña sensación. La pequeña sensación de que en esa clase va a estar esa chiquilla a la que tal vez podría hacer reír y a la que me gusta comprobar que puedo hacer reír. Todo ha sido simplemente eso, de veras, pero esta noche que de pronto te he visto en ese bar, la visión que tuve de ti fue muy fuerte o quizás yo no estoy acostumbrado a salir y la calle es muy intensa para mí, pero te vi y al salir del bar tuve ganas de verte más, de no dejar de verte; es como si no me hubiera imaginado que pudieras tener una vida así, en el mundo fuera de las clases o en la noche, fuera de todo, de los seminarios y las preguntas del profesor uruguayo, y entonces, cuando te has aparecido en el otro sitio y me has tocado la espalda, y luego me has dicho que esperarías por mí en ese otro lugar, la verdad es que no he hecho otra cosa el resto de la noche que pensar en ti. Y solo sabía tu nombre. No sé bien de qué se trata. Es como si de improviso los pocos asuntos de mi vida en esta parte del mundo hubieran empezado a tener un sentido o una dirección. Es como si…

—Soy mamá también.

Y entonces aquello que él pensaba decir se difumina.

—Soy mamá —Josefina exhala con la fuerza de un fuelle, como liberada de pronto de una carga que la hubiera estado oprimiendo desde hacía un tiempo—.

Tenía que decírtelo. Tengo un hijo que en un par de meses cumplirá cuatro años.

Ante eso él no sabe muy bien qué decir. Qué mirar.

—Sé que el dato no encaja mucho con mis años, pero es la verdad —dice ella—. Lo tuve muy chiquilla, de hecho, no era todavía una persona mayor de edad. Eso es. Ya está. Te imaginarás que estoy separada. Es así. Me quedé sola a los pocos meses de alumbrar a mi pequeño. Eso. Fui casi una madre adolescente que ahora es una madre joven y sola que anda metida en una relación que no lleva a nada con un hombre casado y con hijos. Un hombre que encima es de la India.

—Como tu padre —dispara él.

Josefina se ha ladeado para atrás en su asiento y ese movimiento lo ha hecho sentirse mal a él.

—Supongo que sí.

Su rostro se ha vuelto hacia la pista de baile. Él mira su perfil. Parece que ella intenta detenerse a reconocer o a borronear las formas del espacio que los circunscribe.

—Tengo ganas de fumar —dice de pronto.

—Te acompaño si quieres.

—No, olvídalo —dice—. Solo puede salir uno.

—Está bien.

Josefina saca uno de los cigarrillos de su bolso como si quisiera prenderlo ahí mismo y acaso prender la mesa y también a él, pero se queda mirándolo con el cigarrillo inerte, la colilla apagada entre los dedos.

—El papá de mi hijo es de mi edad —dice—, de algún modo es de Brasil, sobre todo ahora que está allá, aunque también es norteamericano porque nació aquí. Fue un amigo de mi clase en la escuela con el que congenié porque éramos los chicos de color de la escuela pública de aquí. Los de color, pero no los afroamericanos. Este sitio es casi todo de gente blanca y en la escuela éramos solo tres los que pertenecíamos a esa parte específica del mapa, los dos y la hermana menor de Phoebe. Los caribeños, un grupo sin nombre propio como el que forman en la escuela los asiáticos o los mexicanos, aunque todos hablemos el mismo idioma. Quizás nos enamoramos por soledad. O por curiosidad. Con él me hice mujer. Desde que recuerdo, estuvimos juntos pero estar juntos fue cambiando con la edad. Empezamos a estar cuando acabábamos la escuela y cuando yo ya llevaba el primer curso de la carrera en el departamento de Español, salí embarazada. Rubem se portó como un estúpido pero ya no lo culpo. Sí, se llama Rubem. Los hombres en general son idiotas a los veinte y a los treinta o hasta más, y él apenas tenía dieciocho. Fue mi mamá la que me apoyó, la que me dijo que no tenía que casarme con él o incluso permanecer con él como pareja por haberme embarazado, y fue ella quien me dijo que la decisión de tener o no al bebé era enteramente mía, no de Rubem, que no tenía siquiera opinión, menos aun su familia.

Josefina se ha quedado así, en una posición intermedia entre quedarse en la mesa o abandonarla.

—¿Y qué hizo él?

—Nada. Se escondió dentro de su casa —responde, moviendo apenas el cigarrillo muerto con una de sus manos—. Estaba aterrado como si hubiera reprobado de año o lo hubieran expulsado de la escuela. Siempre fumaba mucha yerba, pero después del embarazo empezó a fumar más. Ya entonces estaba muy afanado con Jimi Hendrix y con Jamaica y se preguntaba por las tradiciones musicales de Bahía, de donde es su familia. Y luego se borró.

Josefina hace un gesto con la mano que parece significar el corte de algo o tal vez simple decepción.

—No importa al final, ¿sabes? Incluso creo que terminó siendo mejor. Fue mi madre la que me dijo que me apoyaría si quería tenerlo y también que me apoyaría si quería detener el embarazo. Mi madre y su esposo. Los dos me dijeron que si lo tenía me ayudarían igual con la crianza y los estudios en la universidad. No tenía que dejar de estudiar. Así que mi hijo es de alguna manera el hijo que ellos no tuvieron. Matarían por él, ¿sabes? Ellos me han criado y los tres criamos a Moisés. Así se llama mi pequeño. Moisés. *Moses.* Mi mamá es joven porque también nos tuvo joven y además es súper guapa y algo así como mi mejor amiga. Y no te he hablado de Antonio, el esposo de mi madre. Él sí es como mi papá.

Algo en el rostro de Josefina se ha relajado y se recuesta contra el respaldo. Su voz se atempera.

—Es mexicano, de Jalisco, y le encanta leer literatura, le encantan los libros de Rulfo, el *boom* latinoamericano, esas cosas. Está bieeen, ¿sabes? —y se ríe—. A veces creo que es por él que me decidí a estudiar literatura hispanoamericana. Nos encanta hablar en español.

Hay un silencio.

—De hecho, tiene un poco de ti.

Ahora es él quien siente ganas de llevarse la mano a la sien.

—Es verdad —sigue ella—. Algo. No digo que sean iguales y además casi no sé nada de ti. Antonio tiene una biblioteca impresionante y está realmente interesado en lo que estudio. Gracias a él y a mi mamá no tuve que interrumpir mis clases nunca y al final casi he completado toda la carrera mientras crecía mi niño. Ha sido una manera diferente de vivir la universidad, es cierto. También una manera distinta de vivir la juventud. Digamos que es la *mía.* Por eso no voy a la colina —se ríe—. ¿Lo ves? No es que no haya tenido ganas. Vivo en un suburbio llamado Louisville con mis padres y con mi hijo. Ahora que él es más grande y hace un montón de cosas por sí solo es que he empezado a salir. A ver de nuevo el mundo… Creo que me gusta lo que estudio. Creo que soy buena estudiante. Me he sacado notas sobresalientes y todo eso.

Josefina hace una pausa.

—Por eso este año recibí la invitación de participar como alumna libre en una de las clases de posgrado. La idea era que evaluara si quería hacer la maestría en la universidad y así fue como escogí el curso al que vas tú. La idea que tengo es convertirme en especialista de literatura caribeña. Supongo que no soy del todo mala, ¿eh? Me han ofrecido ya el puesto en la promoción del próximo año. Enseñaría español y eso me daría ingresos para ocuparme de mis gastos y dejar de cargar a mis padres. ¿Esa es la beca que tienes tú?

—No —dice él, y después de eso le cuesta añadir algo—. Es otro tipo de beca…

Josefina abre los ojos con sorpresa.

—Tendría que durar un par de años, pero es posible que cuando acabe opte por una como la que te han ofrecido.

—Entiendo —dice Josefina—. Una beca muy especial.

—Algo así —dice él.

—Igual, no me parece nada mal el sistema de la que me ofrecen —reflexiona ella—: enseñar español a los chicos y no pagar por los estudios… Me parece un buen método, solo que también significaría obligarme cinco años o más a seguir leyendo y analizando novelas mientras mi hijo llega a los diez años, cuando lo que yo quisiera es escribirlas, escribir novelas o reportajes o acaso escribir para el teatro. Me gusta actuar también. Eso es lo que quisiera. Me encantaría como tú plantearme la posibilidad de irme a una universidad de una ciudad grande como Nueva York y perderme en ella… ¿Has estado allí alguna vez?

—Nunca —y antes de que ella le pregunte por cualquier otra ciudad prefiere cerrar el asunto—. Es la primera vez que he salido de mi país. Salvo este lugar, no conozco otra parte del mundo.

—Nueva York y San Francisco son maravillosos. Te van a encantar, peruano. Te van a encantar porque yo sé que vas a terminar en una ciudad así. No me digas por qué, pero lo sé.

Él no dice nada. Le parece que lo que ella ha dicho es condescendiente.

—A mí me encantaría vivir en ciudades así, ¿sabes?, pero a la vez este lugar me gusta porque me parece ideal para criar a mi hijo y desde hace un tiempo lo que importe más para él es lo primero para mí. Me gusta Boulder para él. Me encantan sus parques, sus cascadas, la paz que hay aquí, la naturaleza que nos rodea, los observatorios de salmones instalados a lo largo del arroyo que atraviesa el campus y los animales que hay en la calle Pearl donde a él todavía le encanta subirse. Le gusta abrazarse al caracol... —Josefina sonríe de una manera que él no conoce, una sonrisa que le costaría entender o denominar—. Cuando él nació aquí yo terminé de sentirme *de aquí*. Antes de eso no terminaba de ser de ningún lugar. Pero ahora soy de donde él es. Y él es de este lugar, nació aquí, es boulderita. Así les decimos aquí. Por todo eso, mientras lo tenga a él a mi cargo y él siga siendo un niño, no puedo imaginarme todavía en otra ciudad.

—Entiendo —le dice él. Y siente que por un momento ha dejado de tener emociones.

—No tengo tantas opciones tampoco, ¿ves? —dice ella—. Tener un hijo sola te fija. Por eso creo que me tendré que mantener en los estudios literarios y postergar un poco mis planes verdaderos. Y supongo que más adelante, no sé, en algún tiempo, me gustaría encontrar a alguien que se parezca un poco a Antonio. Supongo que es eso también. Para una chica como yo ya no es solo el asunto de enamorarse de un hombre porque sí, como Phoebe o mis otras amigas, sino de pensar a la vez en una figura paterna para mi hijo. En alguien como Antonio. Un papá.

Él no dice nada porque desde hace un tiempo ya viene sintiendo un flujo caliente debajo de sus costillas, algo que se parece a una bola de fuego y que conoce de mucho antes pero que nunca había despertado en estas tierras.

—He hablado demasiado —dice Josefina.

Se lleva la copa a los labios. Ya no hay nada en ella. Un nuevo silencio cruza la mesa entre los dos.

—¿Y qué pasó con Rubem? —pregunta él, de golpe.

—¿Te refieres al embarazo?

—Supongo que sí —dice él.

—No mucho —recuerda ella—. Reapareció en su momento porque en el fondo no era un mal chico, pero era imposible que fuera padre. Fumaba yerba delante del bebé aunque yo le dijera que no lo hiciera, pero sabía que era inútil; lo conocía y en el fondo sabía que nunca iba a crecer. Creo que ya empezaba a consumir otras cosas y fue entonces que lo corté. Me decía cosas sin sentido, como que criarlo era básicamente mi responsabilidad porque la decisión había sido *mía* y no suya. Era claro que la idea de ser padre le interesaba poco y mucho menos ejercerla. Cuando tuve a Moisés y estuvimos juntos él y yo, descubrí que no estaba enamorada de Rubem. De pronto se hizo pequeñísimo y lejano. Y además estaba todo el asunto de sus horarios, que eran los de la colina, la partida en la noche y el retorno a la madrugada, con ganas solo de tirar o de seguir de marcha. Le dije para separarnos. Fue hace varios años. Ahora está en Salvador de Bahía, vive de enseñar inglés y dice que anda buscando sus raíces en pueblos del interior como Niteroi o Santo Amaro. Una vez al año visita a Moisés, que tiene su polo de Vitória, el equipo de fútbol de allá, y también ganas de ser futbolista porque ama a su padre. Lo único que me quedó de todos esos días es una imagen muy bonita de los tres metidos en la tina de la casa una mañana. Estábamos desnudos todos, Rubem y yo en los extremos de la tina, y nos íbamos pasando a Moisés de un lado al otro a través del agua, descubriendo que el bebé tenía una capacidad innata para nadar bien. Quizás esa vez Rubem me convenció de fumar también un poco de yerba, aunque estuviéramos con el pequeño. Nos reímos de felicidad, fuimos felices por pocos momentos.

—Ahora el que tiene ganas de fumar soy yo —dice él.

—Yo lo dije primero —dice Josefina, y pone su mano sobre el brazo de él por un segundo, y él siente que le arde la piel donde ella lo ha tocado—. Después vas tú.

Josefina se pone su chaqueta.

—Eso es lo único que tuvimos de él —le va diciendo—. Cuando Moisés gateó y cuando caminó, Rubem ya no estuvo ahí.

Luego de decir eso se levanta de la mesa.

—Pide otras dos copas de margarita, por favor —dice en voz alta antes de irse—.Yo invito estas y las anteriores.

La bola de fuego lo empuja hacia su lado de la mesa vacía. Mira la figura de Josefina alejarse y después le hace un gesto al mozo para que les traiga dos copas más a la mesa y en seguida se siente mal por haberlo hecho.Tiene los dientes apretados por el dolor que siente bajo las orejas, sabe de dónde viene ese calor que desfigura los contornos de las cosas y que creía haberlo dejado allá tan lejos, en el sur, pero no quiere pensar en su origen. Respira hondo y pasa la vista por la barra para detenerse en algún detalle y pensar en otra cosa, como en el ambiente agónico del local, que ahora parece mostrarle su aire decadente. Mira a los chicos. Para su sorpresa, le ha parecido ver a uno que podría tomarse por la interpretación salvaje de Nico, aunque no podría ser él por esa postura de espaldas a la barra con la cabeza metida entre sus manos. El tipo se yergue y va a voltear, pero él se da la vuelta en un acto reflejo que funde timidez y soledad o falta de autoestima. Se concentra mejor en las formas húmedas que las copas han dejado sobre la mesa vacía. Dos circunferencias sobre la superficie. La bola de fuego. Cierra los ojos y descubre que allí está eso, debajo de él, dentro de su piel. El latido de un dolor. Las palabras de ella. Los estúpidos tragos de la estúpida de Josefina que al parecer tiene una estúpida cantidad de plata que él no sospecha. La plata que le permitió darse el lujo de tener un hijo a la edad que lo tuvo y encima tenerlo sin padre. La bola de fuego ha crecido y puede ser del tamaño de todo este piso y sobrepasar el local. Conoce la sensación y sabe qué hacer con ella. Tiene que largarse de aquí, alcanzar una calle lejana, caminar por las cuadras frías de Canyon rumbo a su casa, marcharse de esta noche de una vez por todas. Trata de pensar en todo lo que acaba de enterarse, empieza a detenerse amargamente en las oportunidades desperdiciadas por Rubem y trata de no pensar en el pobre diablo absolutamente envidiable que es ese hijo de puta brasileño que no quiere cuidar a un niño *suyo* a la vez que intenta concentrarse en la imagen de Coltrane.

—Hey, tú eres el amigo de Nate —escucha de pronto.

Se imagina quién puede ser y voltea.

Sí. Era Nico.

Lo está mirando con las cejas levantadas en un gesto que parece de farsa. Nico. Está algo ebrio y quizás por eso le ha hablado en español. Es curiosa la aparición de su acento con aires ligeramente colombianos, sin duda heredados de sus padres, más allá de su inglés casi nativo.

—¿Todd se quedó allá arriba?

—¿Quién?

—Todd.

—Sí —responde él, reaccionando—. Se quedó arriba, en la colina, con una chica de pelo rojo.

—Maureen… —Nico sonríe maliciosamente.

—Debe de ser —responde él—. Nate y yo nos regresamos y Nate ya se fue a casa.

—Nate… —dice Nico.

—Sí —dice él, por decir…

Nico ha cerrado los ojos, luego los abre.

—Es tu amigo, Nate —dice.

—Sí, es mi amigo.

—El loco de Nate —dice Nico, que parece estar hablando para sí—. Nathan, Nathaniel…

—Sí, Nate —confirma él.

—Es un loco —dice Nico—, ¿lo sabes? Es un genio.

—Sí —dice él, y sonríe.

—Un hermano —dice Nico—. ¿Lo sabes?

Él dice que sí, pero eso no lo sabía. Que Nico lo quisiera tanto. Nico pone su mano en forma de puño y se golpea suavemente el corazón. Nate, dice. Nathaniel. Sus ojos caramelo parecen más bellos así, vidriados por el alcohol y la noche.

—Sí, Nate —dice él, y va a pensar en su amigo, pero ve que Nico forma una pistola con su mano para acercársela al pecho y hacer como si se disparara al corazón.

—El loco de Nate… —dice.

Y luego, como recordando algo de pronto, Nico lo mira fijamente y se concentra

—Hoy he descubierto algo, ¿sabes? —le dice—. He descubierto algo que le quiero decir al loco de Nate porque solo a ese loco le gusta hablar y teorizar sobre esas cosas de locos.

Nico mira a los lados como si portara un secreto de Estado.

—¿Sabes qué he descubierto? —dice.

—No.

—He descubierto por qué el amor es una vaina. Para todos. Y quiero que se lo digas al loco de Nate cuando lo veas, ¿okey?

—Se lo diré —dice él—, te lo prometo.

Nico vuelve a mirar a los costados y baja la voz:

—El problema de todo —dice—, el problema sin solución del amor y de la pasión…

Entonces se detiene, parece que esquivara algo.

—El problema —dice despacio— es la bronca entre el deseo animal y la pureza de la seducción.

Nico intenta ser más directo.

—El problema es simple —se acerca a él—. Con las personas con las que flirteas de la manera más inocente no puedes tirar, y con aquellas con las que ya tiras no puedes flirtear con todo el brillo de esa pureza. A lo mejor juegas a que flirteas pero es solo eso, un juego.

Nico se aleja un poco de la mesa, parpadea.

—Pero a todos, amigo mío, a todos, sin excepción, nos gustan demasiado las dos cosas: tirar y flirtear. ¿Se dice así en tu país? ¿Se dice tirar en Bolivia?

—Sí —dice él, sin corregirlo.

—Eso. Nos gusta tirar y flirtear. De modo que siempre pierdes una. Hagas lo que hagas, estés con quien estés, siempre hay una pérdida, ¿entiendes?

Y él está a punto de decir que sí cuando alguien grita desde muy lejos.

—¡Nico!

—Una pérdida —repite Nico.

—¡Nico!

—Díselo a Nate —dice, y luego voltea hacia donde lo llaman.

—¡Vamos, Nico!

—¡Un minuto! —y como lo ha dicho en español lo repite en inglés, y luego, dirigiéndose a él.

—Dile a Nate que yo lo pensé.

—Lo haré.

Nico sonríe y le da una palmada fuerte en el hombro y luego se va hacia la barra. A su lado ve a una chica con un enorme afro y caderas muy amplias que aguarda por él, pero la silueta de Josefina regresa hacia su mesa y detiene la contemplación. Por el tiempo que ha pasado sabe que no se ha acabado su cigarrillo o que lo consumió solo hasta la mitad.

—Me siento muy avergonzada por hablar de mí todo el tiempo —dice mientras se sienta.

—Está bien —dice él.

—Algo te ha molestado, ¿verdad?

—No —dice él, cortante.

—…

—…

—¿Seguro?

—Sí.

Josefina mira hacia la pared interior. Recién en ese momento él siente que la bola de fuego desapareció desde la llegada de Nico.

—Es solo que no tengo mucho qué decir.

El mozo llega con dos copas llenas.

—¿Estás seguro? —dice ella, y prueba la suya—. ¿Y eso por qué?

—No lo sé —responde él.

Y siente que no tiene ganas de tomar el cóctel que le han traído.

—¿Por qué te fuiste del Perú, por ejemplo? —pregunta ella.

El que ahora parece moverse para esquivar un disparo es él.

—Es decir, ¿por qué te fuiste de allí?

Josefina le ha estado buscando la mirada y de pronto se la ha encontrado. Presiente que ella ha tenido pensamientos poderosos allá arriba.

—Si es algo muy personal no tienes que contármelo.

—No —responde él—. No es nada personal.

Quisiera tener un cigarrillo. Quisiera estar hablando afuera de este local o estar afuera de este local sin la necesidad de hablar. Cierra los ojos porque está seguro de que verá las luces de esta noche, pero las luces no están allí. Los abre.

—Es simplemente que quería dedicarme a leer.

Ha dicho eso y le parece que está bien y se dice, además, que es verdad, porque lo es.

—Quería dedicar mi vida a leer y eso es absolutamente imposible en el país del que vengo. Puedes leer, claro. Puedes buscarte el tiempo para hacerlo si es que tienes la posibilidad, la clase social o los padres —aparece a lo lejos la bola de fuego, allí, de nuevo—, pero yo lo que quería era leer a todas horas, leer sin parar, leer siempre. Vivir a través de la lectura. Vivir dentro de los libros. Y se supone que este sistema académico te permite hacer eso.

La sal nueva de la margarita es lo que más le gusta del trago ahora que se lo lleva a los labios. La sal y el filo sólido y frío del contorno de la copa.

—Hay cosas que jamás me iban a pasar si es que me quedaba en ese país —dice—. Cosas que me estaban negadas de antemano y que aquí quizás sí podrían ocurrirme.

La ve mirándolo fijamente y se activa por un segundo la fantasía que lo asaltó del otro lado de los ventanales del restaurante cuando él y sus amigos se detuvieron en el estacionamiento a la espera de Todd. Él se imaginó del otro lado de aquella imagen: ser un tranquilo profesor de una universidad como esta, dedicarse todo el día a leer las novelas que tiene que enseñar y ser remunerado por ello, y tener el respeto de sus alumnos y acaso también una esposa e ir los fines de semana a un restaurante como ese en el que estuvo esta noche invitado por Todd para hablar del trabajo, de la película que vieron, del avance de sus hijos si los tenían, de esa familia nueva en un espacio reciente y diferente a aquel del que viene, con niños que hablan el idioma de ese país mejor que él, niños que se integren al mundo y que lo superen sin dejar de estar nunca a su lado, que atraviesen barreras apoyados sobre sus hombros.

Josefina sigue allí, del otro lado de la mesa. Sus ojos negros. La luz sobre su rostro.

—Además —dice él, volviendo de la ensoñación—, hay una serie de cosas del país del que vengo que no me gustan. Cosas que hacen de ese país precisamente ese país y que me hacían infeliz. Es simplemente eso.

Josefina pone un dedo sobre la copa de su margarita y recorre el borde antes de llevárselo a la boca. Él sospecha que la forma en que ha pronunciado la última frase ha hecho que ella se dé cuenta de que, en frente, tiene a una persona que ha levantado un muro invisible e infranqueable ante la otra, una línea divisoria que él que no quiere que medie entre ambos sino entre el mundo de *aquí* y el anterior. Piensa en cosas de aquí. Se dice que la memoria se tiene que formar aquí.

—¿Alguna vez dudaste de tener a tu hijo?

Ha sido él. Eso es lo que le ha preguntado a ella.

—¿Cómo?

Josefina también se sorprende por la pregunta.

—Es decir... Alguna vez te planteaste seriamente no tenerlo, interrumpir el embarazo.

Josefina lo mira a los ojos.

—¿Por qué quieres saber eso?

—Justo hablaba ahora con un amigo sobre algo así, un amigo muy cercano.

—¿Con quién? —quiere saber ella—. ¿Con uno de los que estaban contigo ahora? ¿El chico de la biblioteca?

—No —dice él, que ha reaccionado bajo el impulso automático de proteger a Nate.

Josefina le hace un gesto de querer saber quién.

—Un amigo de Lima.

Y desvía la mirada hacia el póster de Parker. Bird sigue allí.

—Pasó por una experiencia límite y aún no la ha superado.

Josefina compone un gesto de atención.

—Es decir —dice él—, había empezado a estar con una chica de una manera oculta cuando ella se embarazó a las pocas semanas de estar juntos y de haber dejado a su novio anterior.

—¿Y el hijo era de tu amigo?

—No —dice él, de súbito—, era del otro.

—¿Y ella lo tuvo?

—No. Decidió abortar.

Josefina hace una mueca de extrañamiento.

—¿Y ahora ellos dos están juntos?

—No —dice él—. Ya no.

En ese momento, alguien grita hacia su mesa y los dos voltean a la vez. Nico está despidiéndose de él con los brazos en alto antes de subir la escalera que lo llevará a la luz de neón de la calle Pearl.

Él levanta la mano e intenta una sonrisa.

—¡Le diré a Nate! —grita.

Y luego de eso regresa su vista a Josefina, que tiene la intención de decir algo.

—Hubo un momento en que tomé la decisión de no tenerlo —empieza—. Y fue una decisión que se mantuvo durante muchos días. Cuando lo he hablado con algunas amigas que han abortado, he encontrado que la experiencia de ellas fue similar. Cuando una está esperando a un niño y ese niño es de una relación consentida, de una persona a la que se quiere, a todas nos ha ocurrido que vivimos algo así como un momento de plenitud absoluta que de pronto prende dentro de ti. Es como un punto muy fuerte de claridad, la euforia de saber que tu cuerpo es un recinto de vida y de que todo lo humano pasa por ti u ocurre en ti. Es una luz inmensa. No podría definirlo de otra forma. Es algo que podrías llamar vida y para lo que solo hay lugares comunes que son todos verdad. Cuando yo me embaracé me asusté mucho y cuando pensé en la posibilidad de interrumpir mi embarazo descubrí la cantidad increíble de mujeres jóvenes y adultas que habían abortado, que habían sufrido mucho por haberlo hecho, pero que a la vez estaban muy seguras y conformes con su decisión. Algunas de las que hablaron conmigo se convirtieron en madres estupendas y algunas, incluso, hablaron conmigo siendo ya en ese momento mamás maravillosas. Pero todas, las que los tuvieron y las que no, todas vivieron ese intenso resplandor cuando lo supieron. Lo que pasa es que ese brillo se contrasta siempre con el mundo, con lo que sucede en él, con la edad que tienes, con las ventajas o desventajas de tu vida, con el tipo de padre que te acompañará o con el hecho de que nadie te acompañe, con lo que esperas u otros esperan de ti.

—Algo así le pasó a mi amigo, ¿sabes? —dice él—. O a la chica de mi amigo. Ella también sintió el resplandor, aunque al principio fue solo terror. Ellos tenían solo unas semanas de estar juntos y se juntaban casi en la clandestinidad porque sabían que la familia de ella no iba a aceptar de ninguna manera a un tipo como mi amigo. Mi amigo era un buen chico, ¿sabes? Era responsable, estaba lleno de sueños y de planes, había trabajado mucho desde que se recibió como profesional con mucho esfuerzo y trataba de juntar de un modo muy sacrificado el dinero que necesitaba para ir a estudiar a una universidad del primer mundo que revierta el nivel de la universidad en la que estudiamos. Pero pese a sus estudios, a sus ahorros y a sus buenas intenciones, e incluso a su talento, no reunía los requisitos que la familia de esta chica había proyectado para quien tendría que ser su novio. Él sabía que si la familia se enteraba de que ella había roto su compromiso anterior por estar con él, los hermanos y el padre lo iban a moler a golpes por el simple hecho de ser como era, de venir de un lugar diferente. Era distinto. Es decir, era distinto a ellos. El novio anterior tenía las características ideales: una familia de apellido, una casa de playa fuera de Lima donde se podrían celebrar fiestas —e inclusive era posible proyectar un futuro matrimonio con fotos en revistas sociales—, una herencia asegurada. Todo eso le daba a él la facultad de portarse con ella y con ellos de la manera en que le diera la más puta gana. Se podía emborrachar delante de todos y hablar idioteces, aparecerse con la mandíbula desencajada por la cocaína en una reunión familiar, hablar a un volumen que todos tendrían que tolerar o aparecer casi desnudo en la casa de campo de los abuelos para incordiar a los amigos del suegro o a sus invitados. Lo que le diera la gana. Lo que sé además es que ese mismo chico insultaba a la pareja de mi amigo de manera frecuente, se burlaba de su vocación de cineasta, la humillaba delante de sus amigos abandonándola en los bares a los que iban juntos o simplemente desaparecía por días enteros sin dejar rastro. Un par de veces la golpeó. No de la manera habitual. La empujó contra una pared mientras discutían y otra vez la tomó del cuello para asfixiarla a la par que le daba lecciones de vida. Cuando esta chica empezó a estar con mi amigo acababa de terminar hacía pocos días con el otro. Entonces la regla se le retrasó. Sí, yo sé que es muy fuerte todo, pero así fue. Una noche llamó a mi amigo a decirle que no le había llegado el período y que se haría la prueba simple pero que tenía miedo. Era un sábado por la noche y él la tranquilizó. Ella le dijo que no era tan regular así que quizás el cambio de pareja y los finales del semestre le habían generado un estrés extra que había influido en su ciclo, pero los dos sabían que bajo la pasión de los primeros encuentros no habían tomado ninguna precaución y habían completado todo el arco reproductivo casi como quien traspasa una frontera plantando una semilla en territorio prohibido con el deseo desesperado y ciego de forzarla a existir. Él le dijo que si quería podrían ir juntos a que se hiciera la prueba, pero ella le dijo que esperaría un día más. A la mañana siguiente el período no llegaba y ella lo llamó.

Quedaron en que se haría el test y luego lo volvería a llamar. Cuando él respondió el teléfono se enteró de que estaba preñada porque del otro lado de la línea lo único que se escuchaba era un llanto frondoso y salvaje lleno de miedo, vértigo y euforia. Escuchándola llorar, él, que entonces tenía veintisiete años, me contó que miró las pocas cosas que tenía en su habitación y sintió la seguridad de que podría hacerse cargo de *eso*, de que sería capaz, de que podría dejar sus sueños de irse a estudiar afuera porque ya tenía una carrera completa y un oficio profesional con el que ganarse la vida y proveer. A ella la luz esa de la que hablas la cegó. Lloraron de nervios y de miedo y de felicidad. Imaginaron a ese pequeño entre ellos y se entregaron a la visión posible de sus dedos y sus manos, el olor de su cuello, el pequeño peso de su cabeza. Después de eso mi amigo le dijo todo lo que había estado ensayando desde que ella le informó que su regla se había retrasado: estaba con ella en lo que ella decidiera porque era su cuerpo.

—Con un chico así quizás no hubiera dudado en tenerlo —dice Josefina.

—Tal vez sí —dice él—. Y acaso ella también. En verdad nunca lo supieron. Porque un par de días más tarde, cuando él la llevó al laboratorio a hacerse la segunda prueba, la de sangre, tratando de imaginarse cómo le dirían a la familia de ella que eran pareja, que ella y él se querían, los resultados les hicieron darse cuenta de que el bebé que ella tenía en el vientre tenía siete semanas de gestación y que por lo tanto no les pertenecía a los dos. Solo a ella. Lo que vino luego fue el desgarro. Una gran porción de tierra que se abre para una chica que aún no puede mantenerse sin ayuda de su familia y que separa el mundo en dos orillas diferentes, cada una ocupada por un padre distinto. Y entonces, a los pocos días, ella se enfrió. O eso le pareció a mi amigo. Entró en una especie de pausa o de hoja de cálculo. Un día lo llamó para pedirle que le consiguiera los datos de un médico que les plantease con seriedad los escenarios posibles, porque quería decidir con todos los elementos a la mano. Y él lo hizo por ella. Un contacto del trabajo le dio la referencia de un médico que tenía un pequeño segmento de salud reproductiva en uno de esos programas de canales de cable que en esos años solo consumía la clase media alta de su ciudad. Los dos fueron citados en un despacho personal y en él recibieron una charla sobre métodos reproductivos y sobre el procedimiento de interrupción del embarazo. La charla la impartió una enfermera antes de que los atendiera un médico —que no era el de la televisión— y ella les dijo con absoluta seriedad que un aborto realmente seguro para el cuerpo de la madre exigía esperar unas semanas más de embarazo, lo que además sería muy provechoso porque así ella tendría más tiempo para hacer su examen de conciencia y decidir si quería interrumpir su embarazo o no. Solo ella. Él recordaba bien la charla, la manera en que escucharon el proceso que atravesarían mientras el médico solo se dirigía a ella e incluso llegó a bromearle diciéndole que no le hiciera caso a él, a mi amigo, asumiendo que mi amigo era el padre. También recuerda que al salir del consultorio y al caminar por el inmenso parque con dirección a una de las avenidas centrales de la ciudad, entre los árboles acosados por una garúa que desdibujaba los contornos de los edificios, él empezó a pedirle a ella mentalmente que tuviera ese crío, que le diera vida, aun cuando sus labios permanecieron cerrados porque en el fondo sabía que esa decisión suponía el final de su vida con ella. Hacía frío esa tarde en Lima. Y allí, en medio de ese parque, ella se detuvo, cerró los ojos, y se puso a llorar de felicidad de un modo inexplicable. Le dijo a mi amigo que quería a su pequeño y pensaba tenerlo, que todo aquello era un milagro, que se imaginaba diciéndole a su padre que sería abuelo y a su exnovio que sería padre, y se lanzó sobre él presa de la euforia, y los dos se confundieron en un abrazo.

—Era el resplandor en ella —dice Josefina.

—Era —dice él—. En todo caso las dudas de él sobre su papel empezaron de nuevo y comenzaron a crecer. No sabía si la decisión de ella de dar a luz le daba nuevas oportunidades al exnovio y lo apartaba definitivamente a él de su vida, o si acaso podría ella tenerlo y a la vez reunir las fuerzas para reemprender una batalla familiar para estar con él, con mi amigo, pese a la oposición. Lo discutimos mucho en los días que vinieron...

—¿Quiénes?

—Mi amigo y yo —dice él—. Ambos estábamos acosados por esas circunstancias que lo rodeaban... Lo discutimos mucho —prosigue—. Una posición sostenía que lo mejor era que se apartara, que la dejara porque acababa de conocerla, así él podría seguir haciendo su vida y esforzándose por realizar sus planes de viaje y educación. Y de paso evitaría meterse con esa gente de mierda. La otra posición demandaba insistir a pesar de que el hijo no era suyo porque podría llegar a serlo de otro modo, y él tendría la oportunidad de quererla y a la vez de luchar por la relación de ambos. Estábamos sometidos a esas dudas cuando una tarde él recibió una llamada de ella en la que le decía con una voz muy serena que ya había tomado su decisión y que era solo de ella y que necesitaba de él más que nunca. No quería que él le preguntase nada del tema ni le hablara nada sobre aquello de ahora en adelante. No le había dicho nada a su padre y tampoco a su ex. Lo había llamado una vez para decirle que la regla se le había retrasado y él había ido inmediatamente a su casa a exigirle volver y a tener ese hijo, porque eso era lo correcto y lo que correspondía a una buena mujer, así lo dijo él, y cuando ella le preguntó si quería saber lo que ella opinaba él le dijo que no, porque lo correcto estaba muy claro y en este caso él lo sentía mucho pero era él quien tenía la razón. De hecho, él reconocía que en otras cosas quizás se había equivocado, pero en esto no, y cuando ella trató de razonar con él, la fuerza de la voz con que le respondió y la manera en que golpeó las paredes de la sala de la casa la terminaron de convencer.

—Se debe haber sentido realmente sola —dice Josefina, dejando la copa en la mesa—. Cuando yo miraba que Rubem solo se reía estúpidamente, bien por la edad que tenía o por la hierba que había fumado, recuerdo que sentía una soledad que no había conocido nunca, un pozo de vacío casi absoluto. Llegué como pude donde mi madre y apenas vi su rostro me puse a llorar antes de confesarle que le había fallado, que me había descuidado. Ella pareció enterarse de todo apenas me vio llegar. Y estuvo allí. Junto a mí. Mi mamá. No puedo imaginarme qué habría pasado conmigo si mi familia no hubiera estado a mi lado.

—Pues esta chica solo tuvo a mi amigo —dice él, en contrapunto—. Lo pasó todo sola y apoyada únicamente por el pecho de él. Los padres no solo no supieron nunca nada de su embarazo mientras ocurrió, sino que por iniciativa del exnovio se concentraron en comprobar si su hija estaba con alguien y, sobre todo, si ese alguien tenía los rasgos de mi amigo.

—¿Y cuáles eran esos rasgos? —pregunta Josefina, cortándolo. Él comprueba que tiene el rostro de quien de veras quiere saber. Y se queda pensando un momento en cómo sería capaz de resumir lo que dirá a continuación.

—Eran muchos.

—Dime uno.

Él se toma un par de segundos para pensar cuál podría decir primero.

—Está el tema de la piel —dice, finalmente—. Digamos que tenía la piel que tenía.

Josefina asiente ligeramente, como entendiéndolo.

—Y luego está el asunto del apellido…

—¿Y cómo apellidaba?

Él se queda en silencio un momento.

—Era indígena. Su apellido…

Josefina ha abierto los ojos tanto que se ven más oscuros que antes.

—¿De qué lengua? —pregunta ella.

—Quechua —dice él—. Quechua es andino. Y lo andino es considerado lo peor en el país del que vengo. De modo que su apellido era andino. Y por lo tanto él también.

—¿Y ella y la familia no lo eran?

—¿Ella? —dice él—. ¿Qué cosa?

—Andina.

—Se supone que no.

Josefina hace un gesto de incredulidad. Mueve la cabeza de un lado para otro con una mano en la frente. Luego se lleva la copa a los labios y bebe un buen sorbo.

—Disculpa mis preguntas, peruano —dice, y trata de evitar el tono irónico que amenaza hacerla reír con rabia—. Pero hasta donde sé, se supone que tu país es andino.

—Lo es —dice él—. Mi especialidad será esa. Si todo va bien, seré especialista en literatura y cultura de mi país y de otros países que lo rodean: literatura andina.

—¿Y entonces? —dice ella, perpleja.

Él se queda sorprendido por la forma en que la paradoja ha tomado forma en su conciencia desde la visión extranjera de Josefina.

—Entonces no lo sé.

—…

—Digamos que los millones de personas andinas que viven en mi país andino no se quieren llamar andinos o no se quieren entender como andinos.

Josefina lo mira, suspendida en la perplejidad.

—Es eso… —dice él, y luego de un segundo parece tomar consciencia—. Es un horror, pero es real. Y debe de ser igual en Bolivia o en Ecuador.

—Sabes que yo pensaba que la locura era solo de este país, que se sigue nombrando a sí mismo como si fuera un continente, América, y a sus ciudadanos como los dueños del continente: americanos.

—No —dice él—. Mi país es más demente que este.

Josefina emite, esta vez sí, una irónica sonrisa y hace un movimiento de cabeza que parece decir que su compañero no tiene idea del país del que está hablando. Luego de eso parece atajar un pensamiento.

—Y entonces, ¿decías que los padres no supieron nunca que estuvo embarazada? —retoma el hilo Josefina.

—Así es —dice él—. Así fue. Y tampoco supieron que abortó. Durante los días que siguieron a su decisión, ella no quiso volver a hablar del tema nunca más y le pidió a mi amigo que dejara de enviarle artículos sobre el asunto. Se vieron clandestinamente las veces que pudieron hasta la mañana en que les tocó la intervención. Ella les dijo a sus padres que, como se acababa el ciclo que llevaba en la universidad, iba a ir a una reunión después de los últimos exámenes, de modo que esa mañana llegó muy temprano a la casa de mi amigo y ambos fueron juntos a que ella se sometiera al procedimiento. Él se gastó casi todo el dinero que tenía ahorrado y nos pidió dinero también a algunos de sus amigos para apoyarlo en el trance. El aborto es ilegal en el Perú, de modo que hacerlo en las mejores condiciones, digamos que en condiciones que aquí serían normales, es un privilegio reservado solo para personas de mucho dinero. Y eso fue lo que hicieron. Acudieron a una sala de la misma clínica a la que los padres de ella iban a hacerse sus chequeos habituales. Y junto al médico que habló con ellos aquella tarde en el consultorio privado del parque, apareció fugazmente el médico que aparecía en televisión. Mi amigo firmó una declaración en la que se señalaba que él y ella habían llegado a la clínica de emergencia por causa de un aborto natural que ponía en riesgo la salud de la madre, de modo que si ocurría una incursión legal o policial —algo casi imposible en mi país— los médicos se apoyarían en ese único caso permitido en el Perú para justificar la intervención. Eran ese tipo de riesgos legales los que subían considerablemente el precio de estas operaciones. Aquella mañana él hizo de progenitor, firmó los papeles que tuvo que firmar como pareja de la chica en riesgo y pagó todos los costos de los procedimientos, recibió las recetas que les indicaron y escuchó con toda la atención que pudo el tipo de cuidados que ella tendría que recibir ese día y lo que tendrían que hacer si en la noche, o en la madrugada siguiente, se presentaba alguna complicación. Durante todo el proceso él le tomó de la mano y aguantó las lágrimas que ella no podía retener mientras los médicos realizaban su labor. Salió con ella de la clínica tomándola del brazo como si fueran dos enamorados que han ido a visitar a un pariente internado, con miedo de que ella se encontrara con algún conocido. Luego la llevó a la habitación que alquilaba en Lima, donde la dejó reposar sobre su cama antes de ir a comprar los medicamentos y volver con ella para velar su sueño. Dedicó el día a cuidarla a través de infusiones, pastillas, susurros y caricias.

—Qué duro todo para tu amigo —dice Josefina—. Pero a la vez qué bueno que pudo estar al lado de esa chica. Ella lo necesitaba.

Él hace un gesto de afirmación. Luego se toma un trago largo.

—Lo realmente salvaje ocurrió esa misma noche después de todos esos cuidados —dice de pronto, hablando de forma agresiva.

—¿Perdón?

—Lo realmente bestial —dice.

Josefina está como suspendida, pero él no lo ha notado.

—¿Sabes qué le pasó a mi amigo, Josefina?

Ella solo lo mira mientras él siente cómo crece el ardor de las primeras llamas.

—Lo que sucedió es que a cierta hora de la noche ella se quedó dormida —dice— y ya de madrugada recibió una llamada imperiosa de su padre instándola a ir a su casa. Ella estaba sedada por las pastillas y resentida por las secuelas del procedimiento, de modo que le respondió que iría en un rato, porque aún seguían las celebraciones. Iría con un amigo suyo. Eso fue lo que dijo. Se puso de pie con cierta dificultad debido a la intervención, pero dentro de todo se encontraba estable, no había aparecido ninguna señal de complicación, de manera que podía caminar despacio. Esperaron media hora, quizás un poco más, y fueron. Estaba muy débil y seguramente presa de una doble sensación de vacío cuando él fue a conseguir un taxi para llevarla a su casa y volver luego a la suya. Ella vivía en un distrito alejado, pegado a ciertos cerros de Lima, una zona muy exclusiva de casas inmensas y muros interminables decorados con plantas tupidas a la que solo se llegaba en automóvil después de atravesar una serie de tranqueras, puestos de seguridad, preguntas y palabras claves pronunciadas ante guardias privados. Eran casas inmensas en las que te podías perder y desde cuyas ventanas es posible ver las luces de toda la ciudad de Lima extendidas como un largo tejido luminoso que se detiene en el litoral, donde un mar oscuro lo devora por completo. Mi amigo llegó con ella a bordo de un taxi como si llegaran del final de una fiesta de fin de trimestre y acordaron que, si le hacían preguntas sobre su estado, diría que comió algo que le cayó mal y que por eso caminaba así y debía acostarse de inmediato. Eso coordinaron. Él la dejaría a unos metros de su casa, ella usaría su llave, se despedirían con señas y él volvería al taxi que lo estaría esperando. Algún día, quizás, le contarían a la familia que ellos eran más que amigos, pero por ahora solo podían permitirse decir que él era el hermano mayor de una compañera que se había ofrecido a dejarla en su casa sana y salva. El taxi atravesó los barrios de la gran ciudad, pasó todos los umbrales y controles, ella pronunció el nombre de su padre en las tranqueras, y finalmente llegaron hasta el área remota y casi confinada, tenebrosa, donde quedaba su casa. Cuando el taxi se detuvo y ellos salieron del vehículo fue que escucharon los ladridos de los perros.

—¿Los perros?

—Al principio él no entendió. Todo estaba oscuro o apenas puntuado por los faros de los muros cuando empezó a distinguir los ladridos. Al comienzo le parecieron falsos, porque eran demasiado poderosos para ser de perros, pero después se dio cuenta de que eran reales y luego ocurrió que, junto a ellos, aparecieron las luces de un par de linternas que se proyectaron sobre él, señalándolo. Sin que tuviera tiempo de reaccionar, un tacho de luz muy potente se prendió de golpe y disparó sobre él un haz halógeno de una intensidad y una crudeza tan brutales que lo hirieron, un rayo lanzado directamente sobre sus ojos que lo enceguenció y aturdió, lo destacó del resto oscuro del paisaje para convertirlo en una presa atrapada en medio del bosque durante una jornada nocturna de caza o, en algo peor, una especie de convicto encontrado por las autoridades en medio de un paraje agreste tras una persecución prolongada. El padre de la chica no tuvo mejor manera de recibir a su hija y a su acompañante que lanzándoles el grupo de perros de presa que él mantenía hacía unos años y que un entrenador adiestraba un par de veces por semana en los amplios jardines de su enorme casa. Esa noche la jauría salió de la propiedad con una misión: atacar al hombre que se había acercado demasiado a ellos. Obedecerían a una señal que el instructor les había sembrado y que el propietario activaría ante la amenaza del invasor. Sabían muy bien lo que tenían que hacer. Y mientras trataban de llegar corriendo hacia donde estaba él, mareado por el resplandor, para clavarle las fauces con una rabia absoluta, sus cuerpos se tensaban por la fuerza de las cuerdas que también los ataban por el torso y que, en un inicio, no eran visibles. La manada se abalanzó sobre él como si fuera una rata de campo o una liebre sucia, un animal apestado o hediondo, una criatura que se merecía la punición por haber hecho algo insoportable o, peor aun, por simplemente *ser* quien era, por pertenecer a una especie o a una raza o a una clase que ellos consideraban inferior. Y mientras los perros rodeaban las piernas de mi amigo y ya mordían el aire, y algunos rasguñaban incluso su jean y alcanzaban su piel, el taxi cerró sus puertas y retrocedió, contraviniendo el pacto original. Mi amigo descubrió por los gritos que se trataba de los hermanos de ella y del padre de ella, que le gritaban insultos que cobraban *un* sentido: eso que recibía se lo merecía por ser así, por ser *eso*, y por esa razón ellos lo iban a aplastar como a una cucaracha si se acercaba una sola vez más a esa casa, a esa propiedad, a ella, o a esa zona residencial más allá de la tranquera que separaba a la gente como ellos de los animales como él. Incluso recuerda la voz de la madre de la chica, que desde un punto lejano que debería ser la puerta de la casa, también le gritaba con claridad todo *eso* que era, y mi amigo lo único que atinó a hacer una vez que los perros empezaron a morderlo fue juntar las manos ante las luces que lo seguían cegando y tratar de decirles a sus atacantes de la manera más humillada y torpe que ya no siguieran haciendo eso, él les prometía que nunca más iba a acercarse a esa casa o a ese barrio, que perdieran cuidado, que jamás se aproximaría a ella ni a ellos, y lo hacía porque, con todo, algo o mucho de aquello que le gritaban prendía dentro de él, le parecía verdad, y además de darles la razón no quería que la chica que acababa de pasar por todo aquello esa mañana sintiera aún más dolor, tuviera un sufrimiento aún más intenso del que ya había recibido, y solo así, solo haciendo eso, fue como los animales retiraron sus colmillos de su carne y dejaron sobre sus pantalones la espuma de todo su rencor. Las linternas cambiaron de dirección y solo así él pudo vislumbrar la manera atribulada en que ella se retiró de su lado para ingresar en la casa, las manos sobre su vientre vacío y el llanto reducido a sollozo por los ladridos y los gritos finales de los hombres. No vuelvas nunca por aquí, cholo de mierda, le gritaron, la gente andina como tú entra aquí solo a mantener nuestras piscinas y a arreglar nuestros jardines. Y después de eso, las linternas se apagaron o desaparecieron y las invectivas se detuvieron. La puerta de la casa se cerró y luego se apagaron también las luces exteriores de la casa; el taxi había desaparecido y él estaba solo en medio de la ladera remota de esos cerros apartados de la ciudad. Debía regresar caminando. Debía regresar caminando con las piernas mordidas y adoloridas a través de todas las tranqueras y puestos de seguridad que le faltaba sortear.

Josefina es consciente de que él pasa saliva por su garganta. Y también de sus puños tensos.

Un silencio sólido, de plomo, se posa sobre la mesa. Y ella prefiere esperar algunos segundos sin comentar nada.

—Y después de eso terminaron —se anima a decir ella.

—¿Cómo podrían no hacerlo? —pregunta él—. ¿Cómo, después de algo así, de vivir los dos algo así, de sufrir una cosa así, ese ataque de los perros y los gritos y la experiencia de la pérdida en un solo día, esa noche de pesadilla? La figura de ella escabulléndose en la casa en la que vivían las personas que más lo habían dañado a él y él humillándose de esa manera ante esas personas… ¿Cómo cualquiera de ellos tendría ganas de juntarse con el otro o saber del otro después de algo así? Al día siguiente mi amigo se despertó sin querer recordar nada de lo que había vivido la noche anterior y yo me imagino que ella debe de haber pasado lo mismo, o más, porque fue a ella a quien le tocó vivir su vida al lado de los agresores. No intentó llamarlo ni en ese momento ni al día siguiente, ni después, y eso fue todo. Las heridas de las piernas se le fueron curando con un tratamiento, pero el fulgor de las linternas lo perturbó mentalmente durante mucho tiempo. No se lo contó a nadie. No lo de los perros. Demoró. Y cuando lo hizo comprendió que estaba lleno de culpa, arrepentimiento y sobre todo de ira, de odio a sí mismo. Y eso fue todo.

Las dos copas de margarita se quedan detenidas sobre la mesa.

—Mierda —se anima a decir Josefina, tras un rato—. Perdona que lo diga así, peruano. Pero además de la historia infame que le pasó a tu amigo no puedo dejar de pensar en lo terrible que es ser madre, o al menos una madre como aquella madre que le gritaba esas cosas a tu amigo sin tener la más puta idea de lo que su hija había pasado ese día, y que justo por eso estaba tan lejos de acompañarla. ¿Y ella? ¿Se quedó esa noche en su habitación sabiendo que sus padres y hermanos habían hecho lo que hicieron? Es probable que ese tipo de padres encima de todo la hayan acosado a preguntas e insultos sobre el vínculo que tendría con un chico al que consideraban de ese modo. No me extrañaría, ¿sabes? También a mí me llena de una rabia inmensa hacia ella por haberlo dejado solo y no haberlo defendido, pero a la vez de pena porque, si lo piensas bien… ¿de dónde sacar fuerzas para defender a alguien cuando acabas de perder algo así? No puedo creer en la abyección de que su propia familia haya agredido así a la única persona que de veras la ayudó y que pensó en ella.

Él suspira. A ella le parece que esa exhalación ha salido de él para vaciarse en el aire del mundo y nunca más retornar.

—Mi amigo, Nate, el chico de la biblioteca, tiene una frase para nombrar eso, ¿sabes? Le llama «la diferencia». Y tiene razón. No somos iguales. Es una mentira, el más ominoso de los engaños, haber dicho que los hombres somos iguales. Es mentira que *nosotros* seamos hombres. No lo somos. Nunca se nos trata igual. Nunca se lee igual lo que hacemos. Venimos con algo que no nos podemos quitar de encima y que es como un sello indeleble que nos lastra para siempre, hagamos lo que hagamos, nos portemos como nos portemos, observemos todas y cada una de las putas reglas que los otros han puesto para nosotros. Otros tienen el derecho ganado a portarse como les dé la gana y para ellos todo será interpretado como una marca específica de la familia de la que proceden, la excentricidad que acompaña a ciertos apellidos, la oscuridad inherente a cierto abolengo, pero para nosotros no. Nosotros no tenemos individualidad por más que la busquemos desesperadamente. Hagamos lo que hagamos, nos conduzcamos tan bien como nos conduzcamos, brillemos como brillemos por el valor de nuestros méritos, basta que realicemos una sola cosa que sea ambigua o se preste a la interpretación o resulte simplemente compleja para que la explicación y la culpa recaiga en el origen. Es un estigma que revela nuestra inherente condición inferior: la pobreza congénita, la merma racial heredada, nuestra mancha común. Un cholo. Eso *es*. Uno como todos, porque todos somos una sola cosa. Indistinta y sin matices. Y los cholos somos el atraso, lo que no vale, lo que está enfermo y porta la enfermedad y transmite el daño y pudre al resto. Y eso es irreversible.

—…

—Ahora es posible que entiendas, Josefina —dice él—, por qué me fui del país que se supone es mi país. En verdad no es mi país. No lo es. Y lo odio.

Ella ve que él ha apretado las mandíbulas y que sus ojos arden de indignación, pero también de fuego y rencor.

—Entiendo —dice ella. Y los dos se quedan en silencio. Ninguno se anima a tomar de su copa o a hacer otro comentario. Josefina parece concentrada, como inmersa en algunos pensamientos que acaso tengan que ver con su propia raza, con su propio país, el de origen y el país donde nació su hijo, con la migración de su familia.

—¿Y qué fue lo que te dijo tu amigo hoy?

—¿Quién?

—Tu amigo —dice ella—, el amigo al que le pasó eso tan horrible en Lima y con el que hablaste.

—Ah —reacciona—. Pues nada, simplemente estábamos hablando y lo volvimos a recordar. Han pasado unos años, pero desde que lo contó al fin, cada cierto tiempo, inevitablemente, se le da por recordar aquella noche... Es como mi hermano, ¿sabes? Estudiamos juntos en una universidad del Estado como esta, solo que gratuita de verdad, y teníamos problemas parecidos. Era brillante, y lo sigue siendo, pero creo que nunca se recuperó de ese evento pese a que volvió a trabajar con cierta tenacidad y que, al final, con muchos sacrificios, pudo volver a ahorrar lo que necesitaba para llevar a cabo su sueño de irse del país. Y ahora está bien. O creo que está bien. Les agarró fobia a los perros y durante un tiempo le parecía ver a los padres de la chica en cines y centros comerciales. Temblaba. También sostenía monólogos imaginarios dirigidos a quienes habían sido sus victimarios y en ellos les gritaba que lo que debieron hacer esa noche era más bien hincarse ante él o al menos agradecerle, valorar que él se había portado con ella como ningún hombre jamás se había portado hasta entonces, y en otras ocasiones tenía sueños en los que se convertía él mismo en un perro salvaje, un lobo descomunal capaz de arrancarles la carne a dentelladas a todos ellos hasta dejarles los huesos expuestos al aire frío de los cerros. A veces incluso era una hembra, una loba furiosa y llena de rencor que los enterraba a todos en una fosa perdida que nadie encontraría jamás. Pero eso fue todo. Ella no lo llamó nunca y él tampoco se atrevió a hacerlo. Y esa zona de dolor la tuvo que suturar él solo y solo la abrió para sus amigos cuando sabía que finalmente iba a dejar el país.

—¿Y ahora dónde vive? —pregunta ella.

—Se ganó un *fellowship* en una universidad de Pennsylvania. Por eso es que podemos hablar por teléfono siempre. No tengo que usar la tarjeta de larga distancia de diez dólares que usaría si hablase con él en Perú. Con él, las llamadas son todas locales.

—Entiendo —dice Josefina.

—Chicos —interrumpe el mesero, que acaba de llegar a la mesa con el *voucher* de consumo—. Esos dos fueron los últimos. Ya tenemos que cerrar.

—Yo pago —dice Josefina, que todavía parece no haber regresado del relato—. Tú me invitas la próxima, ¿te parece?

Y él sonríe, apenas.

Josefina saca una tarjeta de crédito de color plateado. Han sido cerca de cien dólares y él, que está encajando recién eso de una «próxima vez», no ha podido evitar mirar el recibo cuando a ella le tocó firmarlo y hacer el cálculo de cuántas cosas —libros, comida— podría comprarse con ese dinero.

—Gracias —dice igual, por cortesía.

Josefina lo mira unos segundos y ataja una sonrisa. Quiere decir muchas cosas, pero hace un gesto de reprimirlas.

—Era muy bueno tu amigo —dice finalmente—. Si lo llegara a conocer, me podría enamorar de él.

Los dos recogen sus chaquetas, dejan la mesa y atraviesan la pista de baile vacía mientras calculan cuánto les han afectado las margaritas. Son los últimos en irse y a él lo sorprende descubrir la escalera de salida: desemboca en el aire frío y seco de la calle Pearl y, por tanto, está en Colorado, en otro país, muy lejos del anterior. El conjunto le parece surreal: Josefina está a su lado, con su sola perla, y el clima de la noche de pronto tiene un efecto bueno sobre él; se percibe más ligero y fresco, se siente abierto, y la noche inmensa sobre sus cabezas lo hace sentirse pequeño y a salvo, protegido en este lugar resguardado por las montañas. Es imposible ya que le pase lo que lo atormentaba los primeros días al llegar aquí, la sospecha de que, al parpadear, estaría de pronto bajo el aire húmedo de Lima, arrojado a sus pensamientos y a su fuego. Le parece que ahora quizás hasta resulte imposible acostarse con temor a despertar allá porque las primeras cosas están sucediendo *aquí* y tiene la sospecha de que las páginas de su vida en esta parte del mundo se empiezan a escribir. ¿Será así? Josefina ha comenzado a caminar en una dirección y él la sigue por el ambiente desolado de una calle que parece el decorado de una película muda en la que ambos no terminan de actuar. Sus sandalias evolucionan sobre los ladrillos rojos del paseo peatonal y las luces de los postes parecen no tener un objetivo específico porque no hay nada vivo debajo de ellas.

—Estoy en carro —le dice ella—. Si quieres te dejo en tu casa.

—Gracias —dice él.

Y luego piensa: qué otra cosa podría hacer.

Después de contarle su historia limeña se ha sentido diferente, transparente, quizás liviano. Siente que ya no hay ardor en él, acaso sea el frío, y comprueba también al cerrar los ojos que todavía no ve las luces. Mira a los animales de piedra quietos bajo las sombras de los árboles y se imagina sobre ellos al hijo de Josefina. ¿Cómo será? ¿Tendrá su rostro? Intenta hallar al caracol del que le habló ella. ¿Tendría ganas él de ocupar alguna vez la posición de figura paterna que reclama ella para un niño que no concibió? ¿Sería capaz de hacer algo así, de amar tanto así?

Caminan por la calle cuando ocurre algo inesperado. Josefina pasa un brazo por el suyo, como lo hacen las parejas que llevan mucho tiempo juntas, y él siente que sus músculos se han puesto rígidos y se odia por eso. Hace mucho que no siente un contacto de esa naturaleza, pero quizás la historia que le ha contado ha tenido un efecto, aunque no podría calcular cuál. Siempre duda cuando se trata de chicas. Al final de la calle Pearl se ven las montañas y por un momento a él le parece que este lugar existe solo para ellos dos, pero ella tira de su hombro y lo hace doblar a la izquierda diciéndole que se equivocó de estacionamiento: es el efecto de las margaritas, dirá, y acerca ligeramente su rostro contra su hombro. En esa postura —que él quisiera que no se deshaga nunca— recorren la paralela a Pearl hasta dar con un estacionamiento muy amplio, casi vacío, en el que solo se ven arbustos deshojados y un solo vehículo.

El auto de Josefina no es un auto. Es una enorme camioneta que él relaciona con la tarjeta de crédito, las facilidades que ha tenido para criar a un niño y a la vez estar en la universidad donde ambos estudian; también, con el particular cuidado de la ropa que lleva y que contrasta con la suya. Pero no siente la bola de fuego. En todo este larguísimo trayecto él no ha sido capaz de dar el paso que le tocaría y que siente como un deseo nítido: desatar con suavidad la postura en que están caminando, deslizar su brazo por encima de la cabeza de ella y estrecharla con suavidad, propiciar el abrazo que acaso preludie algo más. Pero algo lo detuvo en cada segundo, algo que no puede definir, aunque sospecha con resignación que es la suma de todas sus carencias y heridas. Josefina ha retirado su brazo al llegar a la camioneta y le dice, como medida de salvataje, si no quiere fumarse unos American Spirit antes de irse a casa. Él acepta mientras siente que se fumaría todo el tabaco del mundo antes de separarse de ella esta noche.

—Tú sabes que había decidido no tenerlo, ¿verdad? —le dice ella—. Se lo comuniqué a mi madre y a Antonio una tarde con bastante serenidad y ambos entendieron. Antonio se puso a llorar. Y solo por eso sé que algo se había hecho cenizas en él. Antonio no había tenido hijos. Con la decisión ya tomada solo quieres ir por un túnel sin ventanas hasta el momento en que todo se resuelva y termine. No quieres hablar más del asunto, no quieres volver a replanteártelo. Yo estaba a dos semanas de la intervención cuando mis padres decidieron pasar unos días en una playa mexicana del Pacífico llamada Puerto Escondido. No olvido el nombre. Lo hicieron para que me relajase y proyectara desde la calma lo que sería en adelante mi vida sola, sin Rubem y sin el niño. Y entonces fue cuando, casi al final del viaje, me pasó algo que he nombrado «el llamado del agua».

Josefina se ríe de una manera traviesa mientras se lleva el cigarrillo a los labios.

—Sabes que cuando era niña y vivía todo el desorden de mi casa... —dice, y se detiene un momento—. Hablo de la época en que mis padres vivían juntos y no paraban de pelear y los viajes nos movían de aquí para allá. Bueno, en esos días yo siempre encontraba un lugar de protección en el mar, en el agua del Caribe. Me pasaba horas de horas dentro del mar y no quería volver a la costa nunca porque sentía que en el mar no había países ni clases sociales o razas ni contrastes ni diferencias. Me tenían que gritar para que volviera a la orilla y volver a ella siempre era como morir. Quería quedarme en el mar. No quería estar en tierra firme…

Los ojos de Josefina parecen empañarse, pero podría ser efecto de las luces.

—Una de esas tardes en Puerto Escondido me quedé mucho tiempo de espaldas, como hacía de niña, en la posición de flotar a la deriva. La corriente era débil, el sol golpeaba apenas mi piel y yo me quedé dormida, supongo que confiando en mi gran habilidad para nadar. ¿Alguna vez has nadado mar adentro?

—Yo no sé nadar —dice él.

Josefina lo mira un segundo.

—Aaaaah, tienes que aprender. Hay una piscina excelente en la universidad. Es hermoso nadar. Yo he nadado toda mi vida desde que recuerdo Puerto España, y luego en las playas de Surinam y en las de Venezuela. Te metes y te abandonas y te quedas suspendido sabiendo que debajo de ti solo hay vida, y de que la vida misma, la vida tal como la conocemos, con todas sus formas y variantes, finalmente vino de ahí. De modo que sin darme cuenta esa tarde debo de haber sentido todo eso porque me quedé dormida, en un momento creo que me quedé dormida, quizás por solo unos segundos o un poco más, porque de pronto estaba bastante lejos de la orilla. Lo cierto es que al despertar por los tumbos del mar y ver la costa lejos, tan lejos, no sentí miedo sino protección, me sentí protegida por el mar, envuelta por ella completamente porque en ese momento me di cuenta de que no era el mar sino *la* mar, como le decimos en el Caribe. Era la mar porque era algo completamente femenino y yo estaba a salvo en la parte líquida del mundo. Fue así como sentí con claridad la vida que tenía dentro de mi cuerpo y tuve una iluminación. Fue así. Y en esa iluminación estábamos solo yo y quien estaba dentro de mi yo, que era él, aunque en ese momento no sabía su sexo. Y lo que sentí allí, protegida por la mar, es que yo misma era también la mar, es decir, era *su* mar, era una mujer protegida por la mar que a la vez era la mar de alguien. Mi cuerpo era el océano entero de aquel pequeño nudo de luz que estaba a salvo de todo, flotando dentro de mi perfección. Yo era su lecho marino, su cielo y todos los astros que pudieran ser necesarios para él. Era el todo. Era todo. Supe que nada estaría mal ni saldría mal nunca. No sé cómo ponerlo en palabras, pero esa luz era mía, y aunque no estuviese segura de si era intensa o no, se la quería dar al mundo. Y fue allí donde comprendí que sería madre, que mi decisión estaba tomada y que le daría vida a esa criatura a la que inmediatamente se me ocurrió llamar Marina si era mujer y Moisés si era hombre. Mi pequeño niño salvado por las aguas.

Josefina lanza el humo al cielo y él lo ve evanescerse en el espacio, perderse en la noche.

—Es un nombre poderoso —es lo único que se le ocurre decir después de haber escuchado todo aquello.

—Como el tuyo —le sonríe ella—. Por Dios. «Llámenme Ismael».

Y le sonríe.

—Solo por ese dato leí la novela —dice él, avergonzado.

—Yo la leí terminando la escuela —dice Josefina—. Y, ahora que lo pienso, Ismael es también el nombre de un sobreviviente.

Él se queda callado. Y siente vergüenza. Y no puede hablar.

—Miiiira, peruano. Yo sé que soy menor que tú y que tengo pocas cosas claras. Pero también sé que aprendo. No sé por qué te cuento esto, pero es claro que el profesor me gustó también porque había tenido hijos, y me habló de ellos y me mostró sus fotos, y escuchó mucho y con mucha atención cómo yo hablaba de la crianza del mío. Nadie nunca fuera de mi casa había hecho eso. Nadie me había parecido así de gentil y nadie puso por delante de nosotros la conversación como valor central de una relación, y fue por eso que nos escribimos y luego intercambiamos libros y los comentamos y descubrí con él que podía ser de nuevo una mujer con ilusión y deseo. Fue como un padre para mí, es verdad, fue un maestro, y supongo que me gustó que me llevara de la mano. Lo mío con Rubem había sido valioso a su manera, no creas, fue algo joven, inocente, pero luego tuve a mi hijo y la realidad era solo el parto y la crianza. Cuando volví a asomarme a espacios que no eran la casa y las aulas, me imaginaba que me iba a enamorar de algún poeta en un recital o de uno de esos chicos que paraban en la biblioteca, como tu amigo el guapo y loco que tiene esos ojos esmeralda. Pero en esas fantasías no entraba mi hijo y entonces él, Hanif, así se llama, lo hizo realidad. En el fondo, luego de ser madre me convertí en una mujer mayor, pero lo cierto es que no soy una, soy joven, y por todo eso me arrastré a esa dinámica con Hanif en las autopistas secundarias. Sé que te va a parecer extraño pero esta noche, conociéndote y escuchándote, he entendido que tengo que ver las cosas de un modo diferente, replanteármelas y no quedarme solo con lo que tengo. Es muy difícil ser madre y ser tan joven. Ahora que lo pienso, creo que quizás he entrado en ese vínculo porque de ese modo no he comprometido a mi hijo en él, y porque sé que en el futuro nunca tendré que hacerlo. Que Hanif tuviera una familia me venía bien porque de esa manera lo que vivía no tocaba a mi pequeño. Tengo miedo de que algo malo lo lastime, pero sé que el mundo está lleno de cosas tremendas y debo perder ese miedo. Es decir, debo empezar a entendernos como una unidad ante los otros. Y comprendo que mi vida, de momento, está *aquí*, y me imagino que en lo que venga debemos llegar siempre juntos él y yo, mi hijo y yo. No sé aún qué voy a estudiar y qué va a ser de mí, y no sé si podré vivir más allá de mi madre, pero ahora sé que estoy con él y por el momento él es mi luz. Sé por ejemplo que hoy, cuando llegue a casa, lo veré dormir, y con resaca y todo pasaremos juntos todo el día, ¿entiendes? Más allá de todo lo malo que pueda pasarme, él siempre va a ser *mío*, así como mi vida le pertenece totalmente a él.

—Y ya no necesitas más.

—No has entendido nada. Claro que sí. Necesito. Por eso estoy *aquí*. Por eso una vez cada dos o tres semanas salgo a la calle y le dejo mi hijo a mi madre, que cuenta los días para que se lo encargue. Y salgo. No puedo detenerme. Salgo y trato de vivir y a veces encuentro algo que me gusta de veras, aunque me pueda poner en peligro o hasta doler un poco…

—Entiendo muy bien —dice él—. El mundo.

—No sé si tanto como el mundo. ¿Son así de densos todos los peruanos? —le da una calada a su cigarrillo—. Me gusta Boulder, me gusta la calle Pearl, un buen libro, un kir o una margarita. Me gusta una cerveza helada o un cigarrillo compartido, o una noche como esta. Me gusta conocer a alguien como tú, que vienes de un lugar tan pero tan diferente al mío, con temas y asuntos aparentemente tan distintos a los que vivo yo y sin embargo…

Ella debe de estar mirándolo porque él ha bajado el rostro para evitar verla a los ojos.

—Eso es, aunque no tenga la libertad que tienes tú. Por eso quizás no es tan importante saber si al final decidiré estudiar español o no.

—Estudia —le dice él, y de inmediato advierte que no ha podido evitar un tono de urgencia o ruego—. Nada me daría más ilusión.

Y entonces los ojos de ella parecen más oscuros que nunca. Sus labios se entreabren. Y a él le parece que todos los animales salvajes de Norteamérica acaban de morir por causa de esa leve apertura. ¿Este es el momento para acercarse a ella y besarla? ¿Tendría sentido hacerlo? ¿Hacia dónde irían después de algo así?

—Sé que todo lo que hemos hablado es demasiado hondo para una primera cita —se anima a decir ella.

—¿Es una cita? —dice él.

—No lo sé. ¿Lo es?

—No lo sé —dice él, y sonríe.

Josefina también sonríe. Y él se anima a dar el paso.

—No lo sé, pero me encantó. Y no sé si te he dicho esto antes, pero he sentido esta noche que empezaba a existir en esta parte del mundo desde que apareciste en el bar y me hablaste. Es así. Es como si hubiera empezado de nuevo mi vida, o como si mi vida entera hubiera empezado de nuevo, o hubiera empezado bajo otra luz.

Josefina no dice nada y él tampoco continúa. Los cigarros se han acabado y al lado de la camioneta de ella, enfrentando el frío de noviembre, los dos se quedan mirando el perfil de las montañas y el resplandor de las estrellas sobre sus cabezas. Luego ella y él se miran, y él sabe que después de lo que han hablado este es el momento para acercarse a ella, tocar sus manos y sus labios con los suyos, pero mientras lo piensa vuelve a sentir un mecanismo trabado en su interior que lo detiene.

—¿No quieres otro American Spirit?

—Nada me gustaría más —responde él.

Fuman los cigarrillos en silencio mirando la formación rocosa de las montañas —conocidas allí como *flat irons*—. Ya no dicen nada más. Él siente que su mente se despeja del alcohol y se imagina que a ella le pasa lo mismo. Sabe que el momento de la aproximación ya pasó y eso lo apena, pero a la vez lo tranquiliza. Mira alrededor y de pronto le parece que este lugar es conocido, aunque también es cierto que todo se parece en esta parte del país. Cuando él regresa a casa desde el campus camina por esas calles en tinieblas y siente tristeza, y como no es del sitio, también siente temor. Hay muchos sonidos extraños que provienen de la naturaleza que rodea al centro urbano, por eso prefiere caminar hacia las avenidas iluminadas. Ahora está parado justo en el límite en el que esa zona oscura se encuentra con el resplandor de los bares y cantinas ahora cerrados, y le parece haber estado aquí antes. Es entonces que mira nuevamente la disposición de los árboles y las sombras de los negocios circundantes y descubre la esquina de la calle por la que Nate y él llegaron desde la casa de la calle Canyon a este mismo sitio. Esa calle se llama Walnut. Hace el recorrido con la vista y la memoria y llega hasta el cruce donde está ese edificio de concreto en cuya primera planta se extienden las tiendas y oficinas que rodean al local en el que estuvieron hace unas horas. Aún hay una luz muy pequeña dentro y él da unos pasos hasta pararse en una ubicación que le resulta familiar: es la misma en la que Nico, Nate y él esperaron a Todd mientras cerraba su turno. La escena es a su manera melancólica y de una belleza apagada. Las ventanas están casi oscuras, pero él sabe que si se acerca lo suficiente podría distinguir el perfil de las mesas recogidas e, incluso, las formas del bar en que ese chico de ojos lánguidos secaba las copas mientras todos conversaban.

—¿Alguna vez has ido a ese restaurante? —escucha la voz de Josefina, que se ha acercado.

—Sí —dice él—. Una.

—Wow, peruano —dice ella, con aire divertido—. Sí que eres una caja de sorpresas.

—¿Tú has ido alguna vez? —pregunta él.

—Quizás cuando era más chica —dice ella—. Ahora no iría de ninguna manera. Es el tipo de sitio al que podría ir Hanif con su familia o mi mamá junto a Antonio para celebrar un aniversario o algo así.

—Es que un amigo mío trabaja allí —se justifica él.

—Eso tiene más sentido —dice ella.

Se queda mirando un momento el restaurante y luego se da cuenta de que este cigarrillo también se ha acabado. Se da vuelta hacia la camioneta y mientras trata de acordarse del número de la dirección de su casa se pregunta si podrá besarla dentro del carro, o quizás llegando al lugar donde vive, o inclusive, si tuviera la habilidad de Nico o incluso la de Nate, podría llevarla a su habitación de estudiante. Con esta noche de flirteo ha tenido suficiente; si tuviera más éxito no sería él. Ella acciona el dispositivo de la camioneta, se sube dentro de ella y le abre la otra puerta a él. Él sube al interior y se sienta en el lugar del copiloto. Acaba de recordar su dirección.

—Escúchame, peruano —le dice ella—. Sé que te va a parecer raro, pero antes de dejarte en tu casa me encantaría llevarte a ver las luces.

—¿Las luces? —pregunta él, y siente un leve temblor detrás de la nuca.

—Sí —dice ella—. *Mis* luces.

—Voy adonde tú quieras ir.

Ella le brinda la sonrisa más inocente de la noche, la de una niña que va a mostrarle a otro niño algo precioso, un secreto intransferible o un tesoro escondido en el ático de una casa. Mueve la cabeza. Hace contacto, las luces se prenden en todo el tablero y el carro empieza a retroceder para salir del estacionamiento bajo las manos delicadas de la chica que lo maneja. Como parte de la maniobra, ella estira el cuello hacia atrás y a él le parece estar viendo a la más hermosa de todas las tortugas del mundo.

En la camioneta no hay nada que tomar, pero ellos sienten que todavía están un poco ebrios. Todo parece oler a ella, que maneja con una seguridad que a él le encanta. La observa de perfil, su mano delgadísima sosteniendo un timón inmenso, el pelo negro que deja ver pequeños penachos lacios que resaltan la delgadez de su cuello.

—¿Quieres música? —dice ella.

Él dice que sí. Y al verla así, sosteniendo el timón sobre la dirección a la que van, se pregunta si él también estará alguna vez *perdido* o si ya lo está. Si esta es la imagen de ella que definirá eso. Si volverá a ser capaz de sentir en este país lo que alguna vez sintió en el otro.

—Va a salir lo que haya estado sonando —dice ella. Y lo que sueltan los parlantes del carro es un sonido de trompeta con aire de bolero que se llama *Onde Anda Você*. Él siente una emoción inmensa porque ama ese tema y a la vez una punzada interior porque lo relaciona con el pasado remoto de Josefina con Rubem.

—¿Sabes qué me pasó en la colina? —le dice a ella en voz alta, tratando de imponerse a la voz de Vinícius de Moraes.

—No —dice ella, también subiendo la voz.

—En una de las casas a las que fui alguien había puesto Café Tacvba.

—¡Los mexicanos!

—¿Puedes creerlo?

La camioneta se desplaza por la autopista de Broadway mientras ella acciona los mandos en el tablero del carro hasta que suenan a todo volumen las tres leves notas del teclado, el sonido de los platillos y de la guitarra, el estribillo cantado que preludia al mejor tema de esa banda, o al mejor tema de México, o al mejor tema del mundo para ellos en este momento o al mejor tema del puto mundo en general. La canción con tono nocturno y luces de discoteca que propone la metáfora de la vida como un gran salón repleto de gente adolorida en medio del cual un mexicano, o acaso una mexicana, baila y baila durante toda su vida sin suerte hasta que encuentra a otra persona que decide bailar al lado de ella, ¡al fin!, en absoluta libertad. Y mientras él mira la oreja de ella con la perla, que es la que da justo a su lado, se pregunta si esa llegará a ser la música de ambos.

—¡Ahora verás las luces! —grita ella.

El auto zangolotea y se interna por una zona en la que ya no hay casas, solo una trocha que se abre paso entre áreas de cultivo y que se ve iluminada por los potentes faros de la camioneta. Josefina debe haber organizado un *playlist* de música en español porque suenan Caifanes, Los Prisioneros, Charly García, y en medio del furor de esas bandas y esos temas, él ve maleza alta y estrellas lejanas, hasta que de pronto el auto gana una pista que se eleva en ligera pendiente al lado de un muro de rocas. Ha cerrado su ventana y comprueba que en solo unos segundos se ha empañado por sus voces cantando. Los faros delanteros se abren paso en la más absoluta oscuridad y van iluminando perfiles de árboles altísimos, señales que refulgen en las tinieblas con instrucciones para autos y ciclistas, y las líneas verticales de la pista que se prenden debajo de las ruedas para desaparecer como el sendero luminoso de un viaje que, por la comodidad del auto, parece ejecutarse sobre el mismo cielo.

El auto sube junto a altísimos pinos y ejecuta curvas que revelan rocas considerables sembradas en posiciones caprichosas y, aquí y allá, agazapadas, atentas, las pupilas incendiadas de marmotas o búhos o pequeños antílopes. Se pregunta adónde van, pero no se atreve a hacerle esa pregunta a ella porque no quiere revelar que siente una ligera inquietud y él mismo se responde que estará bien si cada vez está más lejos del lugar del que vino. Josefina tiene los ojos cerrados a ratos y adelanta las canciones si ve que no generan una respuesta contundente en él, mientras él ruega que los temas no le produzcan imágenes que lo dañen, que lo acerquen a todo aquello que ahora sabe que lo asedia. Más allá de las lunas empañadas le parece distinguir el aire salvaje de la noche, un enjambre de seres vivos que refulgen ante el paso de las luces del auto en posiciones de alerta máxima, como si asistieran a la incursión de un grupo de profanadores, y al verlos desde el aire temperado del auto él teme algo distinto y para conjurarlo se dice que está en el tiempo en que está, se dice que respira, y lo hace, se dice que en su pecho corre sangre y que debe seguir adelante aun cuando la vida y el futuro impliquen no poder escapar del todo de aquello que, al final, quizás no quedó atrás.

La camioneta hace una curva algo brusca que la desvía de la autopista, pero seguirá su camino de ascenso a la montaña a través de la ladera escarpada. El auto se mete en un espacio inhóspito y oscuro como las fauces de una criatura antigua. Las luces apenas iluminan la superficie del suelo, hecho de tierra, piedras y ramas.

—Llegamos —dice Josefina.

Y es lo último que escucha.

Y luego de eso todo se vuelve tinieblas.

Ella ha apagado de golpe la camioneta y ha salido de ella. Apenas él pone los pies en el suelo entra en contacto con el aire frío y siente el primer golpe de altura. Da unos pasos y le parece vislumbrar un claro en el corazón de la montaña. Allá arriba, las laderas que conducen a la cima de los cerros se ven como enormes animales muertos y dormidos, negros. Mira alrededor y no alcanza a distinguir por ningún lado la silueta de Josefina o la de alguien que pudiera ser Josefina. Camina a tientas y muy despacio hacia donde cree que podría estar, pero sigue sin verla; encima su compañera no le habla y sus pasos tampoco se escuchan, de modo que le parece que hubiera desaparecido o que su cuerpo hubiera sido tragado por la tierra. Quisiera llamarla ya pero no lo hace. Su voz saldrá temblorosa y le da vergüenza que ella descubra el temblor de su cobardía. El pecho le salta de manera incontrolable y sabe que ya no podrá evitar descubrir sus flaquezas. Tiene un miedo salvaje, de niño. Desde un punto impreciso de toda la oscuridad que lo rodea ha aparecido ese ruido extraño que ha sentido desde que llegó al norte y no tiene explicación, pero ahora le parece que el ruido ocurre no dentro de su mente, sino afuera. Y crece. Y así es como lo sabe. De pronto. Por naturaleza. Sabe que ese ruido se acercará a él y crecerá hasta expandirse y cubrirlo todo, y sabe que se articulará hasta convertirse en sonidos y luego en balbuceos y después en lenguaje, una corriente de palabras que serán órdenes y también amenazas, y también súplicas y humillaciones y sollozos, y será en el idioma que no puede entender o que ha dejado de entender o que entiende solo de forma sanguínea, biológica. Llantos, plegarias, súplicas y quejidos ante la inminencia de aquello que solo se define por su rabia, que viene desde lejos y que ya dejó de ser humano. Parpadea, parpadea delante de la oscuridad y bajo el manto del ruido que lo envuelve, y es en ese instante definitivo, con el corazón detenido y casi sin oxígeno, que *los ve*. Allá, a lo lejos, en la cima de la montaña, ve esos puntos de luz que aparecieron esta noche en su cabeza y luego se desvanecieron para engañarlo, esos puntos de luz que ahora relumbran delante de sus pupilas con una nitidez de horror. Él parpadea una y otra vez, una y otra vez, y siguen allí. Los puede ver con los ojos abiertos y también con los ojos cerrados. Y entonces, con pánico, con terror, comprende que está dentro de una pesadilla que ha soñado antes y muchas veces, pero no en estas tierras, nunca en este lado del mundo, de modo que ahora sabe, porque esos sueños siempre han sido uno y el mismo, sabe que esos puntos de luz que se ven a lo lejos empezarán a crecer y a esparcirse y se acoplarán a los gritos y a las órdenes y al ruido, e inevitablemente descenderán por la ladera con todo su furor y su estruendo y crecerán y crecerán ante su vista y sus oídos hasta mostrar sus contornos brutales y definitivos, esos cascos y pezuñas que crepitan con estruendo, esas fauces y colmillos, esas colas y cuernos que rasgan el aire de la noche mientras se desplazan como lo que de veras son, un ejército de animales luminosos que desciende del corazón de las sombras para arrasarlo todo a su paso buscándolo, buscándolos, para incendiar la pradera del mundo con el único propósito de depredarlo, de depredarlos.

Cierra los ojos y se arrodilla, ya no puede escapar. Y se rinde. Eso era todo. Se ha arrodillado y así, prosternado, inerme, se queda a la espera de que las luces se expandan y *ellos* se definan ante sus ojos u oídos y ejecuten lo que les corresponde. Como un rito personal entrelaza las manos como le enseñaron —¿quién fue?, ¿cuándo?— y se encomienda a alguien y pide por ese alguien y por otros más, como si realizara un rezo. Le habla al cielo en una especie de plegaria y ve: más allá de todas las estrellas que parecen a punto de caerse, distingue con claridad el inmenso sendero de la Vía Láctea desplegado en toda su magnitud a lo largo del firmamento.

Algo se ha fracturado en el universo.

El tiempo se ha detenido.

Cuando vuelve la vista hacia las luces estas ya no avanzan hacia él, solo bullen en la altura como una visión detenida que apenas murmura y tiembla. A él le parece haber perdido su peso y siente que se desplaza por la oscuridad antes de que el tiempo deje de estar suspendido y se desate. Reconoce los contornos del claro en medio de los cerros y también la presencia de una respiración que lo rodea y lo acompaña, el sonido de pasos a su lado, las siluetas de esos árboles que eran pinos pero también lambras y molle, y más allá la sombra de un tambo o una choza o una cabaña en la que debe vivir todavía ese hombre retirado que a lo mejor aún espera por él, por ellos, para darles refugio esa noche, para mostrarles algo que será hermoso o simplemente salvador y que se asociará para siempre con su silencio. Siente que quiere gritar un nombre que tiene atravesado dentro de sí pero no puede. Quiere emitir un llamado de auxilio desesperado pero sus labios están sellados porque, una vez más, es el niño pelado de frío en la ladera oscura que necesita correr con todas sus fuerzas hacia las sombras. ¿Va a hacerlo de nuevo? ¿Es de veras un niño? ¿Las luces se pondrán una vez más en movimiento? ¿Es esto un sueño? ¿Dónde es que está ocurriendo todo? ¿Dónde está? ¿Dónde están? ¿Dónde está ella? ¿Ha querido dejarlo así? ¿Por qué lo abandonó? ¿Lo abandonó? ¿Por qué así? ¿Por qué de esa manera?

¿Josefina? ¿Mamá?

Pero nadie le responde porque no ha gritado.

El tiempo ha vuelto a correr y acaso él ha despertado del sueño en el que estuvo, pero no está seguro, así que para conjurar lo irreal que se cierne sobre él se dice que *es* quien *es*, *es* quien *es*, *es* quien *es*, y por lo tanto está *aquí*, está *aquí*, está *aquí*. Todo lo que sus oídos empiezan a captar de nuevo, ese tejido de rumores que la naturaleza le susurra alrededor, y también el aire seco de Colorado, entra de manera intensa en su cuerpo. Todo eso es de *aquí*, y *aquí* es Colorado, se dice, y esto es noviembre del año 2005, y por lo tanto los animales no existen, *no esos*, no pueden existir más que como sombras, o fantasmas, porque si no fuera así él no estaría *aquí*, no sería quien *es*, y no respiraría.

Abre los ojos de nuevo y cuando mira hacia las altas colinas advierte que sobre ellas no hay puntos de luz. No están allí. No hay nada. Exhala el aire que tiene atragantado en el pecho, se pone de pie y una mano toma su mano en medio de las sombras. Por el tacto suave y la delgadez de los dedos y la forma en que lo ha asido debe de ser la mano de ella. De manera que cierra los ojos mientras se deja guiar y luego de algunos pasos descubre que, dentro de ellos, de él, hay una serie de luces, pero estas son diferentes de las otras, parecen envueltas de un aire de tristeza. Las repasa al caminar en silencio en dirección opuesta a las laderas: son las luces que se mueven de un lado a otro de la ventanilla de un bus que corre a velocidad sobre la planicie, las que parecen proyectadas por autos que reducen un camino de serpiente a través de la oscuridad, las primeras luces de una gran ciudad que le parece extraña y húmeda, la luz de una lámpara de gas que ilumina un recinto de esteras en el que se ha reunido un grupo de personas que nunca antes ha visto pero lo llaman por su nombre y le dicen familia, la que ilumina a un niño que tiene su misma fisonomía y edad pero otra postura corporal y habla en otro modo el idioma y le dice para jugar mientras los adultos discuten sobre algo relacionado a él y a su destino. Abre los ojos y comprueba que los árboles allá a lo lejos son pinos, que la construcción que parecía una choza podría ser un puesto de vigía de una reserva natural. Sabe que hay más luces dentro de él y que ya no es necesario cerrar los ojos para verlas.

Murmura su nombre, *Josefina*, pero quizás ha sido solo en su mente porque nadie le ha respondido. Por un segundo, duda de quién lo lleva de la mano a través de la oscuridad, pero luego sus labios sí se mueven y obedecen las órdenes que da y ahora sus oídos sí escuchan esa voz de acento tan particular que es la de ella y que luego de responderle le está preguntando si le gustó que apagara las luces así, de golpe, y se quedara muda y detenida para permitirle a él escuchar el sonido de la naturaleza. Él es cada vez más consciente de su propia respiración, de la compañía de ella y de la materia de toda esta noche que les corresponde y que sucede *aquí*. Ella lo sigue llevando de la mano como seguramente hizo con Moisés cuando recién empezó a caminar. No sabe por qué ha pensado en él, Moisés. El salvado por las aguas. Y mientras va tras ella sintiéndose también su hijo, tratando de no chocar sus pasos con los suyos y escuchando sus indicaciones para reconocer las formas de una corta escalinata hecha de piedras chatas, sabe que se internan a una zona des-conocida que, sin embargo, ya no le da miedo. No de la mano de ella.

Un poco más adelante, como emancipado de las som-bras de la noche, le parece ver un entrecortado telar de luciérnagas entre las sombras verticales de los altos tallos de los pinos y sospecha que es eso lo que Josefina le quiere mostrar. Ella lo va guiando para que no se tropiece contra algunas piedras o raíces o no se hiera contra las ramas y durante ese trayecto él siente que la mano de ella lo toma con más fuerza, y es más consciente de su tacto, de su temperatura y de su transpiración. Luego, al terminar de cruzar los árboles, pisando la maleza y las hojas muertas, ambos salen a una zona abierta entregada al aire libre del paisaje, un saliente suspendido como un peñón en la parte alta de esas montañas por el que Josefina lo hace caminar. Se acercan lo suficiente al borde para ver la visión completa de la llanura que se pierde hasta los confines invisibles de la noche americana. Y allá abajo, aferradas a la tierra, juntas y a la vez solas, las luces.

—*Mis* luces —escucha la voz de ella, a su lado.

Sin darse cuenta, los dos se han soltado las manos.

—Son hermosas, ¿verdad? —dice Josefina.

Y él las observa. Esta es la vista total, definitiva, del lugar al que finalmente ha llegado después de su largo viaje. El lugar del que nadie podrá despertarlo nunca.

—Lo son —responde, repasando la apagada constelación de estrellas en la tierra que intenta imitar a su espejo celeste. Y es verdad. Lo son.

—Qué bieeeen —dice Josefina.

Siente un movimiento a su lado y entrevé cómo Josefina se sienta sobre una piedra. Se ha prendido un cigarrillo porque ha visto la ascua relumbrar y entonces él la imita, obediente: se sienta en una piedra al lado de ella y, apenas lo hace, ella le alcanza un cigarro sin siquiera preguntarle si quiere. Debido a la oscuridad solo puede vislumbrar la silueta de su compañera y le parece notar que sus manos han tomado sus pies, apenas calzados con sandalias.

—Cada vez que me siento mal —escucha de pronto la voz de Josefina desde las sombras—, cada vez que tengo problemas y siento que no puedo más, o cuando creo que las cosas no van a salir porque tengo un error dentro de mí o todo se ha desordenado o dudo de las decisiones que he tomado o me falta el aire o me gana la ira; cuando pasa cualquiera de esas cosas o simplemente quiero venir a pensar y a sentirme sola conmigo misma y a la vez libre, vengo aquí. Agarro el carro a la hora que sea, siempre de noche, y vengo hasta aquí y me siento en este lugar a mirar las luces, las luces del lugar del mundo en que me ha tocado vivir, y cuando hago eso es como si algo se ajustara, como si algo terminara de ordenarse. Yo sé que tú quizás miras hacia la llanura porque quieres seguir tu viaje, pero yo bajo la vista y miro esta porción de tierra iluminada y sé que es mía y que soy yo. Pienso en lo pequeña que soy y en lo mucho que hubo antes de mí, en lo mucho que hay y que habrá en el mundo, y eso me da perspectiva. Porque si lo piensas, antes de nosotros y nuestros asuntos y temores, muchísimo antes de que aquí hubiera hombres, en todo este lugar no hubo otra cosa que seres que resplandecían en la noche bajo la luz de la luna, animales que no podemos siquiera imaginar porque el hombre nunca supo de ellos y yacen enterrados bajo tierra sin ser conocidos. Y también estuvieron esos animales que los hombres descubrieron y cuyos huesos están en los museos, bestias inmensas, mastodontes, bisontes libres y hermosos, caballos salvajes corriendo en la pradera y buscando alimento en la noche bajo este mismo cielo estrellado...

Él mira el inicio de la planicie a sus pies y se imagina que no hay nada más que oscuridad allí abajo, o apenas luces de fogatas, imagina una estampida de bisontes que corre a toda marcha sobre la tierra.

—Luego llegaron los primeros hombres, ¿no?

—Es cierto —dice él, y por primera vez una frase así de simple no le parece torpe.

—Me podría quedar mirando esto hasta mañana —dice ella.

Él le da una calada a su cigarrillo y le parece un verdadero privilegio estar allí, en ese lugar remoto o al menos impensable, y estar con ella compartiendo la visión de algo que antes era solo *suyo*. Cuando él se habitúa un poco a la belleza y serenidad de ese paisaje nocturno, empieza a repasar las luces una por una y en un momento trata de ubicarse en ellas. ¿Cuáles se corresponden con la calle Pearl y cuáles con Canyon? ¿Cuáles con la casa de su amigo Nate y cuáles con la colina? Y, sobre todo, ¿cuál de todas ellas señalará el punto en el que Margaret estaría durmiendo un sueño intranquilo?

—En verdad no nací en Trinidad —escucha la voz de Josefina—. No sé por qué te dije eso.

A él le cuesta un poco reaccionar.

—¿No? —dice.

—No. Nací en Venezuela —responde ella—. Y no conocí a mi papá.

Él sigue mirando las luces allá abajo, pero ya por inercia. Ha perdido aquella que hubiera podido ser la suya, pero igual mira otras porque no se atreve a voltear.

—Es decir —dice Josefina—. Tengo fotos de él y tal, pero no lo conocí. Lo he visto en un retrato abrazándome, su pelo negro, sus ojos enormes con sombras debajo como si fueran ojeras. Pero casi no guardo recuerdos de él. Nos abandonó. Esa es la verdad.

A él le parece que podría reencontrar la luz que dejó de ver hace un rato.

—El que nació en Trinidad es mi hermano mayor, Omar —sigue ella—. Mi hermano sí lo conoció más y a veces creo que conocerlo a la edad que tenía fue lo que explica que sea como es. Hay cosas que uno no debería ver de niño.

Él teme que la luz que está mirando crezca y empiece a mutar, pero no cambia.

—La verdad es que nuestro padre se fue, simplemente. Y ya. Yo no recuerdo nada de esa partida. Omar sí. Cuando él estaba recién nacido, mi madre y mi padre se fueron a Surinam y allí mi madre se embarazó de mí y nunca supe si mi padre me quiso tener a mí o no, pero sí sé que cuando mi madre se embarazó ya estaban muy mal como pareja y él quería abandonarla. Ella se fue a Venezuela a tenerme y él fue detrás, pero solo se vieron unos días y después desapareció. Como hacen tantos. Solo que para siempre.

Josefina acerca el cigarrillo y le da una calada intensa que a él le parece un modo de defensa.

—Mi padre era un hombre sin tierra, ¿sabes? Eso dice mi madre. Sus ancestros habían sido esclavos en la India y habían llegado a la isla para obtener su libertad a través de un contrato que los obligaba a trabajar por años para la corona británica. Por eso le dieron pasaporte inglés cuando nació en Trinidad. Mi madre dice que mi padre no se sentía bien en Trinidad, ni se sentía bien en Surinam, ni en Venezuela. Siempre hablaba de volver a la India, de donde era su madre, así que suponemos que se fue a buscarla allá o que fue a buscarse allá, como Rubem ha hecho en Bahía. Pero Rubem al menos no se perdió para mi hijo. Rubem de alguna manera está, es localizable. Es una mejora, ¿no? Mi padre simplemente perdió conexión con nosotros. No escribió nunca, ni llamó, ni supimos de él, como si su vida al lado de nosotros se hubiera evaporado o, como si en otro lugar, Londres, Calcuta o Barquisimeto, se hubiera convertido en un hombre distinto. A lo mejor es un padre amoroso con otros hijos a los que sí considera suyos. No sé. Es tremendo ser abandonado. Durante un tiempo el tema me obsesionó, me ganaba la ira, pero ahora ya no me asfixian tanto esas preguntas. Al menos no desde que soy madre. No pasa lo mismo con Omar. Con los años mi madre me ha ido contando cosas de él, de ese hombre que fue mi padre, quizás porque me ve tranquila o mayor, o porque me ve preparada para recibir esa información, o cree que es urgente que la tenga porque me servirá para criar a Moisés. No lo sé... Al parecer mi padre era un hombre brillante, ¿sabes? Parece que era encantador y a ratos fantástico, pero había algo en él, algo que venía de antes, algo que siempre terminaba alcanzándolo y que lo hacía sentirse de ningún lugar o que no lo hacía sentirse parte de donde estaba, y él no tuvo la capacidad para entender que mi madre o nosotros podríamos haber sido *ese lugar*. Se deprimía mucho. Caía en pozos tremendos de los que no parecía capaz de salir y mi madre tenía que hacerse cargo de nosotros y también de él, de que comiera o se bañara. Había imágenes que lo asediaban, visiones que lo atormentaban. No es que fuera disipado, ni dado a la bebida, ni nada... Pero había algo en él que dinamitaba sus trabajos pese a su talento y por eso viajamos tanto, porque pensaba que otros lugares resolverían sus problemas. Yo supongo que se dio cuenta de que no estaba a la altura de una familia y entonces se retiró de la escena. Fue así. No sé si a ti también te mentí diciéndote que mi madre era francesa. En verdad es ciudadana francesa, pero nació en Venezuela. Cuando mi padre se fue a la India diciéndole que pronto volvería, ella se fue a Venezuela junto a su padre, mi abuelo, y allí nací yo. Mi padre llegó después de tiempo a tratar de recuperar algo, pero luego se volvió a largar. Para ese momento yo ya vivía en el mar y olvidé completamente todos los recuerdos de él. Mi hermano no pudo. No estuvo bien que volviera así para hacernos sentir algo que luego nos arrebataría. Lo que es cierto es que cuando volvió a irse nosotros ya estábamos en la escuela inicial y mi madre conoció a Antonio. De hecho, yo aprendí a leer con él.

—Eres latina, entonces.

—Sí —se ríe—. También. En el colegio aprendí que ser trinitaria me hacía parte de un grupo menos visible que el de los latinos. Me servía el estatus de ex colonia inglesa, así que por esas idioteces de adolescente empecé a decir que era de allí, que había nacido allí, una media verdad, y anduve más con la gente del Caribe que con los latinos. Mis amigos de la escuela fueron de Jamaica o de Martinica y como mi madre me habló mucho en la lengua de su madre yo crecí prácticamente con los tres idiomas. En Colorado, la primaria fue durísima, pero con todo este condado es demócrata y todos tenían la noción del *melting pot* metida en la médula, de modo que hasta ahora la corrección política le ha ganado al prejuicio racial que todos tienen bien incrustado dentro. Ya lo verás. Hablar el idioma me ayudó, claro. Ahora que he crecido y entré en el departamento de Español fui consciente de que en verdad soy de Venezuela, pero también de la isla donde mis padres se conocieron. La parte sur de este país y las mismas islas del golfo de México y el Atlántico son parte de una misma cosa, el Caribe, y para mí es una estupenda opción estudiarlo. Además, es una manera de acercarme un poco más a todo lo que soy desde el lugar de Antonio.

—Tu hermano nunca se acomodó a él, ¿no?

Josefina lanza la colilla que ya consumió y parece decidida a prender otro cigarrillo.

—Mi hermano es un tema aparte —dice—. Desde pequeño tuvo ataques de rabia muy intensos contra mi madre, como culpándola por todo, y unas ganas constantes de herirme a mí, porque no compartí el recuerdo adolorido de nuestro padre o como un castigo por la manera en que quise a Antonio. Sé que nos ama profundamente y también que ha llegado a querer a Antonio, pero le cuesta asumirlo. Parece odiar a ratos a mi madre y sin embargo no se imagina estar lejos de ella. Le costó más que a mí adaptarse a este país. Al final la escuela fue muy dura para él, el idioma se le dio peor, tenía problemas de atención y retención y terminó en un colegio especial.

No estudió nada más. Siempre ha tenido problemas de sueño, una especie de dificultad nerviosa, un terror a estar solo. Con él he aprendido que la memoria a veces te puede hacer daño. Desde niño, para él los recuerdos han sido como un peso enorme que lo tira hacia abajo y acaso por eso todo en este país le ha resultado tan cuesta arriba. A veces creo que no es solo por haber vivido la pérdida sino sobre todo por recordarla, y porque además es hombre y se parece demasiado al aspecto del hombre de la fotografía que él sabe que nos abandonó y se siente culpable también. Creo que por eso y por haber estado enamorado de mi madre le ha costado tanto aceptar a Antonio. Quizás en el fondo Omar siente que representa a mi papá o hasta cree que *es* mi papá y solo puede perder al amor de su vida ante quien es nuestro verdadero padre. No lo sé. A veces pienso cosas así.

—Me dijiste allá abajo que era tu hermano menor.

—Para mí lo es. Vive con nosotros a pesar de ser mayor y no se dedica a nada concreto. Pero resulta que a la vez es un tío amoroso que se encarga mucho de Moisés y le ofrece todo el juego físico que Antonio ya no puede darle.

Josefina sonríe y se lleva el cigarrillo a la boca. Luego se queda unos segundos en silencio.

—Esa es mi familia, peruano. Esa soy yo. Al final sí que he hablado demasiado.

Los sonidos siguen allí, rodeándolos, pero hace mucho que han dejado de darle miedo.

—Tú no hablas nada de tu familia —dice ella.

Y él sigue mirando a lo lejos las luces.

—No mucho.

—Lo entiendo.

Sobre la lejanía en la que se pierde la llanura se empieza a presentir la primera y casi imperceptible amenaza de un cambio, un tono lejano de morado oscuro en una de las esquinas del cielo.

—Solo respóndeme una pregunta, Ismael —le dice ella, al cabo de un rato.

Él voltea asombrado por la forma en que se ha dirigido a él pronunciado su nombre, por vez primera, y al hacerlo, como si sus ojos fueran ya los de un ave nocturna y se hubieran acostumbrado a mirar en las tinieblas, llega a distinguir el rostro de ella delineado sobre la oscuridad. Le parece una mujer latina, pero también una mujer afroamericana y una mujer india.

—Dime —dice él.

—Ese amigo tuyo de Lima, el que fue atacado por los perros…

Y luego decide no añadir nada más. Él mira hacia el horizonte en un acto reflejo, como escapando de las palabras, pero luego, cuando voltea a verla, deposita sus ojos también oscuros sobre los ojos nocturnos de ella, unos ojos de venado, de animal asustado que espera respuesta.

—No era yo —responde él.

Y se ha esforzado todo lo que ha podido para que ese *era* suene así, en cursivas, si es que eso es posible.

—Entiendo —dice ella.

Los dos se quedan en silencio y de pronto, por una asociación que no se explica, le asalta un recuerdo. Y lo cuenta. Ocurrió una noche en su primer mes aquí. Lo atacó una fiebre inexplicable y decidió ir al supermercado para conseguir una pastilla que lo aliviase. Caminaba en estado febril entre esas casas de madera con árboles pelados y esas sombras que lo ponían nervioso, esas calles totalmente vacías y alanceadas por el sonido incesante de los cuervos que le generan siempre un estado de tensión, cuando de pronto, entre las luces contrastadas de una zona forestal al lado de la avenida, se encontró de bruces con un animal aterrador. Era un gamo enorme dueño de una cornamenta monumental. Se había detenido al lado de una luz lateral que proyectaba su sombra sobre el suelo de una forma que cortaba el aliento: parecía una bestia y a la vez una escultura porque estaba rígido, inmenso, petrificado en la postura, como si tasara minuciosamente los movimientos de él a la par que controlaba la fuerza inminente de sus músculos en estado de alerta. Él sintió pánico y, como el animal, se quedó paralizado recordando aquella recomendación que siempre había escuchado: un hombre podría salvarse de una bestia, ya sea un tigre en la jungla o un lobo en un bosque, quedándose quieto, fingiendo no estar vivo, pretendiendo ser una piedra, una rama o un objeto cualquiera. Lo recordó pero lo cierto es que la inmovilidad no fue una estrategia sino terror en estado puro, tanto que no fue capaz de darse cuenta de lo que entendió después, cuando todo hubo terminado: el animal, sorprendido a esas horas de la noche, también sintió miedo, miedo a pesar de que tenía mucha más fuerza y carácter e instinto que él, y le hubiera bastado correr hacia su oponente con su velocidad habitual para darle una embestida que hubiera sido suficiente para matarlo o romperle varios huesos. No pensó nada de eso y aquello no ocurrió, porque una cosa era la relación entre ambas criaturas a nivel de masa y fuerza, y otra que una de ellas supiera que tenía al frente a *un hombre*. De modo que los dos seres se temieron. El animal movió su oreja con un movimiento veloz y apenas perceptible y, después de un par de segundos, dio dos pasos de una elasticidad pasmosa en una dirección que no era la suya. Desde ese punto torció el cuello esperando un movimiento mínimo del otro que le indicara que era preciso desandar su huida, pasar a la acción y entrar a la lucha directa, pero él se había quedado atornillado en el piso. Hubo un salto sobrenatural y el animal había desaparecido. Por un momento él creyó haber sido presa de una visión, pero las hojas seguían desordenadas allí donde el gamo había detenido sus patas. Las miró un momento y comprobó que le temblaba mucho la mandíbula y no era por el frío. Juró que jamás volvería a salir a esas horas de la noche solo.

—A veces pasan cosas así en estos sitios —dice Josefina—. No sería raro que de pronto se nos aparezca un lobo o incluso un oso.

Él hace un ademán de ponerse de pie.

—Bromeo —dice ella, poniendo una mano sobre su brazo, deteniéndolo—. Los peruanos no son muy dados a la comedia, ¿no?

La actitud de Josefina está tan llena de paz que se convence una vez más de que no hay peligro ninguno en este lugar. No al menos al lado de ella. El rastro de su mano se siente como un ardor y siente unas ganas súbitas de pertenecer a las luces que se dejan contemplar allá abajo.

—Es una ciudad —se oye decir.

—¿Qué dices?

—Nada —dice él—. Esto. Boulder. Es una ciudad.

—…

—A pesar de que te puedas encontrar a un animal en medio de la noche. A pesar de la fuerza de la naturaleza alrededor de las casas y de que la ciudad es a la vez un campus, sí, es una ciudad. Es así. Sé que suena extraño, pero es algo que discutí con unos amigos hoy.

—¿Los del bar?

—Sí.

—¡Claro que es una ciudad! —dice ella—. ¿Cómo pudieron discutirlo?

Él no sabe cómo resumir el debate y no entiende cómo no pudieron llegar a una conclusión tan clara como la que tiene ante sus ojos. Era una ciudad. Una ciudad pequeña en medio de la llanura. Una ciudad del interior. Eso era. Nico la había definido y defendido como tal. Y también Todd, a su modo. Cuando lo viera, le contaría a Nate lo que había visto; incluso lo haría venir hasta aquí para que se convenciera de no llamarla pueblo.

—Yo llegué a pensar que era un pueblo.

Josefina se ríe de una manera estruendosa.

—¿En serio?

Y mueve la cabeza de una manera graciosa, como si de pronto fuese una niña traviesa.

Y a él también le provoca reír y lo hace.

—¿Sabes que en el Estado hay una ciudad llamada así, Pueblo? —le dice ella.

—¿El Estado?

—Me refiero a Colorado.

Los dos se miran.

—Pueblo —dice él—. ¿Town?

—No, *Pueblo* —dice ella—. Así, en español. La ciudad Pueblo. ¿No es divertido? Está al sur de Denver. Todo este espacio de la llanura que ves ahora era antes parte del límite entre México y los Estados Unidos. Y mucho antes lo fue entre la parte española de la Nueva América y la parte inglesa, y alguna vez Colorado estuvo dividido entre una parte inglesa, una francesa y una hispana. Como yo.

Josefina se ríe, coqueta.

—Pueblo siempre fue de la parte que hablaba español —dice—. O lo era. Me lo mostraron en la escuela, como parte de la historia del Estado. Cuando era niña, nos llevaban en excursiones a los museos de todo Colorado y a sus reservas naturales, y veíamos cómo vivieron aquí los arapahoes, los cheyennes, los tues, y cómo esta fue un área de frontera que dividió a *América* con lo que para ellos es ahora lo que sobra: México, y más allá, más abajo, Latinoamérica. Y Pueblo estaba de esa parte. Boulder fue una de las primeras localidades de la parte inglesa o de la parte de Estados Unidos, pero estaba al límite.

Él vuelve a mirar el paisaje nocturno.

—O sea que recién acabas de cruzar la frontera, peruano.

Josefina lanza el pucho agónico contra lo que hay delante de ellos. Y él hace lo mismo.

—Ahora dime tu nombre completo —dice en broma, tratando de imitar el tono que usaría un guardia de frontera—. Dímelo ahora que acabas de llegar *aquí*.

—Dime tú el tuyo —se defiende él.

—Claro que sí —le responde ella, serena—. Yo soy Josefina Iriarte Vega.

—Iriarte no es indio —le dice él—. Y Vega menos.

—Llevo el apellido de mi madre primero y luego llevo el de Antonio.

Josefina tiene el gesto de portar la carta ganadora. Él ha volteado a verla y puede observar su rostro completo. Más allá de ella los contornos de la tierra han empezado a vislumbrarse débilmente a lo lejos, la gran llanura americana ha iniciado el lento proceso de descubrirse desde un fondo que ya es azul oscuro. La Vía Láctea ha desaparecido y las estrellas parecen borronearse lentamente.

—Ahora sí dime el tuyo.

Se siente atrapado y le parece imposible esquivar esa pregunta. Trata entonces de juntar fuerzas. Para animarse, se dice que ahora está seguro de estar lejos de todo aquello que ya dejó de importar.

—*Ismaelalayapoma* —alcanza a decir.

—¿Perdón? —dice ella, sorprendida por la manera acelerada en que él ha dicho todo eso.

—Que me llamo así —dice él.

Josefina se lo queda mirando.

—Lo sé, pero no entendí. Dilo más lento.

—Yo en verdad me llamo Ismael… Alaya… Poma.

—¿*En verdad*? —sonríe ella.

Y luego lo mira de un modo que lo desarma.

—Te llamas así, ¿*en verdad*? —repite.

—Es que nunca había dicho mi nombre completo.

—…

—No al menos fuera de algún trámite legal en este país. O uno equivalente en mi país.

—¿Y eso por qué? —pregunta ella—. Porque Poma es andino, ¿verdad?

—Quechua —afirma él—. En verdad es puma. Significa eso. Es un felino que vive en los Andes. Un gato feroz de las montañas...

Josefina no dice nada, iluminada por el azul.

—En mi país ese apellido era un lastre. O lo *es*. Ya sabes, todo lo que suene andino... Y mi apellido materno es ese.

—...

—La verdad es que yo no nací en Lima, aunque puedo decir que *vengo* de allí.

—Eres del pueblo de tus padres, ¿verdad? —dice ella.

—Así es —dice él.

—Un pueblo del interior, dijiste.

—Es una ciudad —dice él—. Lo acabo de comprender.

—Lo sospechaba, ¿sabes? Lo del interior. Allá atrás, cuando te dejé en la oscuridad, te arrodillaste.

—Me emocionó estar entre los cerros —dice él.

—Entonces has llegado a tu lugar —dice Josefina—. A tu ciudad del interior.

—Así es —dice él, y lo cree—. Llegué.

La primera mancha azul oscuro se proyecta en los bordes del cielo.

—¿Y cómo se llama esa zona de la que vienes?

Sabía que este momento iba a llegar. Siempre termina por llegar.

—*Ayacucho* —dice él, y se siente raro pronunciando en voz alta esa palabra.

—A-ya-cu-cho —repite ella, lentamente, como tratando de familiarizarse con la palabra a través de sus sílabas.

—También es quechua. Significa rincón de los muertos. *Aya* es eso: muerto o cadáver... Pero también es alma, espíritu.

Josefina sonríe un poco.

—Así me gusta más.

—Incluso *Aya* es la palabra que designa a la mujer encargada del cuidado de los niños. Así que para mí significa sobre todo eso, ¿sabes? Para mí Ayacucho es el rincón de las mujeres que cuidan de los niños.

—Es un nombre aún más hermoso así —dice ella.

Y entonces lo mira a él muy intensamente. Y sus labios se entreabren. Y él sabe con toda certeza que la podría besar sin temor de que ella se retire, pero no lo hace, aunque en parte es porque sabe que tendrá otra oportunidad.

—Siempre me pareció que tenías el rostro de un animal y que ese animal era un felino, ¿sabes? —le dice Josefina—. Pero no sabía qué clase de felino y era porque se trataba de un felino de tu rincón del mundo. Uno que viaja con dolor por el vasto territorio de todo un continente y se enfrenta a muchas amenazas y adversidades, pero se sobrepone a todas y las remonta, y luego llega a destino y sobrevive. Poma.

Y luego de eso ya no dirán nada más. Al fondo, sobre los extremos del paisaje, el azul se empieza a rasgar en silencio y una primera llamarada de luz roja, sangrienta, viva, descubrirá salvajemente los límites del mundo como si estuviera incendiándolos. Los dos seguirán allí, encima de todo, mirando ese lugar que es y no es de frontera. Y simplemente fumarán cigarrillos y el tiempo avanzará. A veces Ismael volteará a ver a Josefina mirar el paisaje y creerá sentir que ella es consciente de esa mirada y a veces se sentirá mirado por ella mientras él observa las luces que agonizan. En los extramuros del mundo se fragua el primer resplandor amarillo que es a la vez una explosión de fuego, el fulgor inicial que señala el amanecer y da inicio a su sorda batalla contra el frío y las tinieblas. Ellos dos seguirán donde están y cualquiera pensaría que se quedarán así para siempre, contemplando todo aquello, el nacimiento progresivo del día hasta la llegada definitiva del brillo solar que iluminará por igual todo el reino de los seres vivos, pero no. Los dos intuyen que al menos por esta primera vez es mejor seguir siendo algo así como criaturas de la noche liberadas en las tierras del norte, de modo que en cierto momento ella se volverá a tomar los pies y él le preguntará si los siente y ella le dirá que no y él sabrá que se le han helado. Entonces le dirá que será mejor que regresen a la camioneta para calentarse y no necesitarán mirarse a los ojos para ponerse de pie a la vez, unidos por una misma urgencia y una misma aceleración, el mismo latido que los hace reemprender el camino de regreso antes de que se termine el tiempo de las sombras.

Gracias:

A Mariana y a mis padres, Maura y Jeremías, en un año tan difícil. A mis hermanas, Susana y Rocío. A Daniel y Arturo. A Patricia Checa, esperando que llore. A Jerónimo Pimentel, por su brillante edición. A Pilar Reyes, por su fe en el proyecto y por su generosa apuesta editorial. A Romina Silman, por su lectura atenta y cuidadosa. A Marcos Herrera, del otro lado de la habitación y, desde hace un tiempo, del otro lado de la pantalla. A Michael Mc Inerney. A los amigos que recibieron el manuscrito y lo comentaron con entusiasmo: Jorge Castro Fernández, Héctor Gálvez, Joseph Zárate, Luis Hernán Castañeda, Enrique Felices y Yamile Brahim. Con ellos, por las buenas vibras en momentos difíciles, a los amigos Sergio Llerena, Jaime Rodríguez Z., Renato Cisneros, Harold Gálvez, Pedro Olaechea, Luis Cruzalegui y Armando Bustamante. A los lectores que me acompañaron en la lectura conjunta de varias novelas norteamericanas, tortuga incluida. Al equipo de Penguin Random House en el Perú y a sus cómplices y amigos: A Johann Page y Mayte Mujica. A Issa Watanabe por la magnífica portada, a Santiago Barco por la foto de retrato y a Luis Yslas por el prolijo cuidado de la edición. Finalmente, y con todos ellos, a Valentina Iturbe-LaGrave, por llevarme a Flagstaff y mostrarme las luces de la llanura de Boulder, Colorado, en 2006, y por hacerlo de nuevo, a solicitud mía, en el otoño de 2018.